AF377515

HELGARD BAUHARDT

MENSCHLICHKEIT *heilt*

GEWISSENS-FORTBILDUNG
wird Pflichtfach

eine deutsche Ärztin berichtet aus ihrem Leben in Ost und West

 tredition

© 2023 Bauhardt
Cover, Bilder in Öl und Tusche, Fotos: Helgard Bauhardt

Verlagslabel: PSYCHOPOESIE

Druck und Distribution im Auftrag der Autorin:
tredition GmbH, Heinz-Beusen-Stieg 5, 22926 Ahrensburg, Deutschland

ISBN 978-3-384-18987-5

Menschlichkeit stört in den normierten Betrieben,
sagte mir einmal ein Menschenfreund
in einem tiefgründigen Gespräch.

Wann wird die Zeit kommen,
wo Unmenschlichkeit stört,
in einem lebendigen Krankenhaus?

Junimorgen im Lautertal

**Guten Morgen, Pusteblume,
bist Du schön
mit Deinen seidenen Fäden,
noch benetzt
mit Tränen von gestern
wartest Du
schon auf den großen Flug
ins Morgen,
vielleicht auch schon heute.**

**Die Tränen werden trocknen
im Wind
und Du wirst fliegen
weit, weit
und landen
auf fruchtbarem Boden
und blühen.**

1999

Die angesehene Blume

Da stand sie nun, die Blume, der Löwenzahn, mitten neben der Bordsteinkante, direkt neben dem gepflasterten Fußweg, an einer Nebenstraße, gleich hinter einer Klinik, die sehr hübsch war, einen Garten hatte und zur Straße hin durch eine nicht allzu hohe Mauer abgeschirmt war. Eine kleine Tür in der Mauer führte zur Straße hin, über den Gehweg hinweg bis zur Bordsteinkante, wo sie stand, die Löwenzahnblume. Dorthin hatte der Wind die Samen der Pusteblume geweht, wo sie dann landeten und ihr neues Zuhause finden sollten. Sie hatte mehrere prächtige Blüten, die ihr Gelb geradewegs in den Himmel strahlten. Nur unweit von ihr war das Krankenhaus, durch eine Backsteinmauer getrennt und nur eine Tür, die sich gelegentlich öffnete und Menschen, die in diesem Hause arbeiteten, heraustraten. Und unmittelbar hinter der Mauer in der Nähe der Tür war ein großer Fahrradständer, wo Mitarbeiter der Klinik ihre Fahrräder abstellen konnten. Das Personalwohnheim war im Gegensatz zum alten Krankenhaus ein zehngeschossiger Neubau, der die Mauer weit überragte und von dem man einen weiten Blick über die Dächer von Frankfurt am Main haben konnte.

Das Krankenhaus selbst war ein sehr hübsches Gebäude, wohl in der Gründerzeit errichtet mit etwa zwei Stockwerken, kein Gigant und auch kein Glaspalast. Es wirkte einladend schön. Und im siebenten Stockwerk des Personalwohnheimes mußte sie wohl wie im siebenten Himmel gewohnt haben, eine Ärztin, die die Löwenzahns und die Pusteblumen so mochte. Sie hatte eine Staffelei und die Dächer von Frankfurt am Main in Öl gemalt. An eine Häuserwand hatte sie einen Teil aus einem Vers von Urs M. Fiechtner geschrieben: *Die Freiheit überlebt durch die Liebenden.* Aber der Vers ging natürlich noch weiter und lautete: *Niemand ist bedrohlicher für die Unterdrückung als sie.*

Wo und wie sie auch immer standen, ob zwischen Pflastersteinen auf dem Gehweg oder auf weiten gelb blühenden Teppichblumenwiesen zwischen saftigem Frühlingsgrün, sie waren ein himmlischer Anblick. Keine Blume konnte sich aussuchen, wo sie landen würde. Ihre Bestimmung...ihre Aufgabe war es zu blühen, einfach nur zu blühen. Und auch in Stalingrad waren nach dem wahnsinnigen Wahnsinn gelbe Wiesen erblüht, die den Stalingrader Frieden verkünden sollten, so wie die Mohnblumen in Troja den Trojanischen Frieden verkündeten.

   Die Ärztin hatte ihn gesehen, den Trojanischen Frieden, am 6. Mai 2003, es war ihr 51.Geburtstag. Mitten zwischen den alten Gemäuern wehten Gräser und Mohnblumen, die ihre Köpfe im Winde schaukelten und wiegten. Es war, als ob der Wind den Frieden sie durchströmen ließ, zu einem einzigen Friedenstanz und die Blumen von dem schweren Leid sangen, das sie erlitten hatten, vor ca. 2700 Jahren geschehen war und von Homer, dem blinden Dichter, aufgeschrieben worden war. Was sind schon 2700 Jahre für das Universum. Als ob sie aus den Gräbern aufstehen und uns sagen wollten: *Wir waren jung, waren noch voller Träume, voller Hoffnung, und sie wurden so schnell begraben, auf den Schlachtfeldern des Lebens, von dieser Tragödie von Gewalt, von Krieg. Und die Tragödien finden immer wieder statt. Lernen sie denn nicht, die Menschen?*
   Und niemand hatte ihr geglaubt, Kassandra, der Seherin, die alles sah, vorausschauend sehen konnte und warnte. Niemand hörte, niemand nahm sie ernst.

Und manchmal machte sie die Augen zu, wollte wieder blind sein, nicht sehen wollen, die heraufziehende Tragödie, die Unheil kündenden schwarzen Wolken. Wie sie sich auch mühte, sie sah sie trotzdem, wenn vielleicht auf eine andere Art, denn sie konnte die Bilder des bevorstehenden Unheils mit jeder Zelle ihres Körpers spüren, als ob sie feine Fernsehantennen hätte, die die Bilder in ihre Innere Theaterbühne übertrugen.

Und die Tragödie der Ärztin aus dem siebenten Himmel in jenem Krankenhaus neben den Löwenzahns war es nun, da nun mal Erkrankungen nicht so lehrbuchhaft abliefen, daß sie jeden Menschen als einen Menschen in seiner Individualität ansah und auch so behandelte, jeder also seine ganz individuelle Therapie brauchte. Natürlich brauchte es auch Empfehlungen, Standards und Wissen, ein Wissen, das nach bestem Wissen und Gewissen seine Umsetzung erfahren sollte. Dienst am Menschen. Gottesdienst ist Menschendienst (Ragaz).

Was nutzten alles Gottesdienste, wenn sie nicht zu Menschendiensten führten, würden sie doch entleert zu hohlem Geschwätz. Aber genau dafür liebten die Patienten ihre Ärztin. Sie fühlten sich gesehen in ihrem Leid, mit ihren Ängsten, Sorgen und waren mitunter sehr schwer an Cancer erkrankt. Sie waren nicht nur ein Fall von vielen, sondern ein einzelnes menschliches Wesen, das gesehen und verstanden werden wollte. Und sie tat es, so gut wie möglich.

Gibt es eigentlich eine bessere Werbung für ein Krankenhaus? Aber ihr wurde Rufschädigung unterstellt, als sie sich einen Chefarzt zur Brust nahm, ihn darauf aufmerksam machte, daß die junge Patientin von 31 Jahren ihre einmalige kurative Chance mit Strahlentherapie bekommen sollte, zumal die erfahrene Ärztin schon zwei ähnlich schwer erkrankte Patientinnen in einer Thüringer Universitätsklinik durchgebracht hatte, die zuvor als aussichtslos galten. In einer renommierten Klinik in Japan wurde darüber gestaunt, daß das jemand geschafft hatte. Aber die Arroganz von Chefärzten aus West-Germany kostete eben ihre Opfer, stank einfach zum Himmel. Es gab noch keine Studien dazu. Jetzt gibt es sie inzwischen und bestätigen genau das, was die Ärztin bereits damals in einzelnen Fällen gesehen und therapiert hatte. Sie kannten kein Erbarmen mit ihr, aber gingen weiter schön in die Kirche. Die fristlose Kündigung zogen sie zwar sofort zurück, als der Rechtsanwalt der Ärztin unabhängige Gutachter, Professoren aus verschiedenen Universitätskliniken, einbeziehen wollte. Da wurde dann ein Kuschelkurs der Rechtsanwälte gefahren, anstatt weiter für das Lebensrecht der Patientin einzutreten. Die Ärztin hatte ohnehin nur einen befristeten Arbeitsvertrag von zwei Jahren und somit keine Chance. Und in das Arbeitszeugnis hatte der Chefarzt der Strahlentherapie noch einen Punkt hinter seinen Namen gesetzt, was eine Geheimsprache sein soll, für den nächsten Arbeitgeber zur Warnung. Das bemerkte die Ärztin aber erst viel später. Der gleiche Chefarzt wollte das nämlich bei einem ärztlichen Kollegen auch so machen, der zuvor in dieser Abteilung gearbeitet hatte, und die Ärztin bat ihn, das bitte nicht zu tun.

Die Ärztin betete für ihre Patientin, daß vielleicht ein Wunder geschehen würde und vielleicht auch die geringere Dosis bei hoher Strahlensensibilität ausreichen würde, um sie von der malignen Erkrankung zu heilen. Zumindest hatte sie erreicht, daß die

Patientin jetzt in kurzen Abständen zur Kontrolle einbestellt wurde. Und wenn sie es nicht schaffte, was ja wahrscheinlich war, so legte sie in Gedanken Blumenkränze auf ihr Grab und bat um Verzeihung, daß sie es allein gegen die Mafia in einem Krankenhaus in Ffm. nicht geschafft hatte, sich durchzusetzen. Sogar in der DDR war es ihr unter widrigsten Umständen gelungen, ein Ultraschallgerät für ein Thüringer Kreisgebiet zu erkämpfen, wo sie einen Machthaber darauf hinwies, daß er das Opfer seiner eigenen Politik werden könnte. Da wurde auf einmal Unmögliches möglich. Das ist aber eine ganz eigene Geschichte.

Lebendige Worte waren es, die den Dienst am Menschen taten. Tätigkeitsworte: *Lieben, leben, unterstützen, helfen, ermutigen, umarmen, zuwenden, behutsam berühren*. Und da stand sie nun, die Löwenzahnblume und wartete. Menschen gingen vorbei, eilten in die Klinik, eilten in den Supermarkt, eilten zur Straßenbahn. Manchmal blieb jemand stehen, um über die Straße zu gehen. Zumindest flüchtig wurde sie dann gesehen, hatte ja Glück, daß gerade jemand die Straße überqueren wollte und sie nicht gar umgetreten wurde. Aber eines wußte sie. Es gab da eine Ärztin in der siebenten Etage, aus deren Zimmer Gitarrenmusik erschall, und sie schrieb auch Gedichte, sogar über Löwenzahns und Pusteblumen. Wie sie wohl hierher gekommen waren?

Welchen Weg hatten die Pusteblumen denn genommen, um gerade hier an dieser Bordsteinkante zu landen, zu keimen, Wurzel zu schlagen, zu wachsen und zu erblühen? Und war es denn überhaupt so wichtig, woher sie kamen? War es denn nicht viel wichtiger, hier an diesem Ort zu blühen und in das Alltagsgrau Gelb zu säen? Auch, wenn die meisten Menschen vorübergingen, achtlos, sie vielleicht gar nicht mochten, sie als Unkraut ansahen und eher ausmerzen wollten, sie wußte, daß sie mindestens für einen Menschen blühte, der sich an ihr erfreute, ihren schweren Lebensweg und ihr schweres Dasein erahnte. Es war die Ärztin aus dem Hochhaus, siebente Etage.

Die Löwenzahnblume wartete jeden Tag, freute sich, wenn die Tür aufging und war enttäuscht, wenn dann ein Nicht-Sehender herauskam. Aber wie groß war die Freude, wenn sie es war, zur Löwenzahnblume ging, sie liebevoll betrachtete. Das waren dann Augenblicke, wo sie noch schöner erstrahlte, ihr Gelb wie eine strahlende Sonne leuchtete. Von diesen Minuten, Augenblicken, zehrte sie. In diesen Momenten war sie mit der Ewigkeit verbunden, war wirklich da, war geboren, war an-gesehen, sie, die Löwenzahnblume in ihrer einmaligen Schönheit. Und wenn die Ärztin wegging, sagte sie, *ich komme wieder, vergesse dich nicht, habe ein Bild von dir, das sich tief in mein Herz eingesät, eingepflanzt hat.*

Und so wußte die Löwenzahnblume, daß sie immer gesehen wurde, auch wenn sie nicht da war, ihre Ärztin mit ihren sehenden Röntgenstrahlenaugen. Und dazu kamen die Klänge der Gitarre aus der siebenten Etage, die sie in sich aufnahm und ihr Löwenzahnblumenherz erreichte. Das war Nahrung für die Seele, die sie glücklich machte. *Und wenn mich niemand sieht, ein Mensch sieht mich, ein Mensch liebt mich, ein Mensch versteht mich.*
Und ist es nicht so, daß die schönsten Blumen auf kargem Boden wachsen?

Ihre Bestimmung war es, auf einer Bordsteinkante neben dem Gehweg einer Nebenstraße einer Großstadt gleich hinter dem Krankenhaus ihr einziges einmaliges Leben zu blühen und Farbe in das Alltagsgrau der großen Stadt zu bringen. Und sie tat es, blühte Gelb in die graue Bordsteinkantenlandschaft.

**LEBENDIGE Kirche
lebendige Träume
lebendiges Krankenhaus**

**wo das Leben wohnt
mit allen vier Jahreszeiten
keiner ausgegrenzt wird
Frühling, Sommer, Herbst und Winter
Geburt, Sterben und Tod
ein menschliches Antlitz haben
Geburtsbegleitung
Lebensbegleitung
Sterbebegleitung**

**Begleitung durchs Leben
vom Anfang
bis zum Ende**

durch alle Lebenslagen

Wir sind nicht nur vor unserem Gewissen, sondern auch für unser Gewissen verantwortlich, sagte einmal eine Pfarrerin auf dem evangelischen Kirchentag in Stuttgart 1999.

Eine Sternstunde für eine Wolga-Deutsche (und für mich)

Wie oft mußte ich eine Kollegin vertreten und in ca. einer halben Stunde (ich machte sowieso länger) das wöchentliche Einzelgespräch machen! Das war natürlich eine zusätzliche Belastung, aber ich machte es auch gerne, konnte dann auch sehen, wie etwa meine KollegInnen arbeiteten.

Die Vertretungsgespräche waren bei den Patienten nicht besonders beliebt, hatten sie doch das Gefühl, daß sie sich wiederholen mußten und das Gespräch nicht so besonders viel brachte. Aber eine Stunde kann auch eine Sternstunde sein. Ich gab mir auch in der Vertretungssituation sehr viel Mühe, las die Krankenakte gut durch, um mir im Vorfeld ein Bild zu machen, zu schauen, wo ich anknüpfen konnte, aber auch zu sehen, was therapeutisch nicht so gut lief und das ich vielleicht drehen konnte.

Die Patienten merkten sofort, daß sie nicht noch einmal Altbekanntes wiederholen mußten und daß ich sehr gut informiert war. Das schaffte Vertrauen. *Da hat sich ja jemand gut vorbereitet und nimmt mich ernst und wichtig.* So, denke ich, muß es etwa gewirkt haben. Eine Vertrauensbasis zu schaffen war ohnehin meine Spezialität, die sich schon während meiner Zeit in der Onkologie herausgebildet hatte, denn so einige PatientInnen waren durch eine unbehutsame Diagnosemitteilung traumatisiert worden und das Vertrauensverhältnis zu Ärzten erschüttert. Von einer Arzthelferin an einer Universität in Baden-Würtemberg erfuhr ich mal so nebenbei, daß ich die besonders psychisch "schwierigen" PatientInnen bekommen würde, da ich das so gut hinbekommen würde. Das machte ich auch sehr gerne, denn einen Menschen wieder aufzurichten, war für mich allerhöchste Erfüllung und machte mich glücklich.

So war es auch mit einer Patientin einer Kollegin, eine Kollegin, die mir nicht besonders wohlgesonnen war, sich gerne in Szene setzte, ihre Patienten gerne warten ließ, sich ganz sicher auch nie dafür entschuldigte. Warten an sich - als subtile Machtausübung. Sie war Psychiaterin. Wenn ich mal ihre Gruppe vertreten hatte, waren die Frauen sehr froh, daß sie bei mir gelandet waren und meinten, daß sie mit meiner Vorgängerin unzufrieden waren. Ich hatte dann der Kollegin gesagt, daß die Vertretung sehr gut geklappt hat, und sie meinte dann, daß sie ja auch so gut vorbereitet gewesen seien, von ihr. Wenn sie wüßte!

Jedenfalls mußte ich nun ein Einzelgespräch bei einer Frau durchführen, die aus Kasachstan nach Deutschland gekommen war. Wir verstanden uns sofort. Ich hatte ja durch Tante-Büchau-Erfahrung in der Kindheit einen besonders guten Draht zu Wolga-Deutschen erfahren und auch in Frankfurt am Main im Personalwohnheim eine Op.-Schwester aus Kasachstan kennengelernt, mit der ich mich angefreundet hatte, Valentina. Ihr Opa war in einem Gulag gewesen, die Mutter im Krieg in Sibirien in einer Hütte im Wald als Kind beinahe verhungert. Das klingt wie ein Märchen, ist aber keins.

Tante Büchau - sie hatten etwas Mütterliches, was ich von meiner deutschen Mutter nicht erfahren hatte. Ich nenne es mal Herzenswärme. Ich könnte jetzt noch losheulen, wenn ich nur daran denke. Diese Herzlichkeit, diese lieben Umarmungen, die Freude auf ihren Gesichtern, wenn ich da als kleines Mädchen angelaufen kam. Ja, so etwas hatte es mal gegeben, bis zum 5. Lebensjahr.

Die Patientin war mir so sympathisch, ich sah und spürte ihr Leid. Ihr Ehemann hatte es in Deutschland nicht ausgehalten und war nach Kasachstan zurückgekehrt. Aber sie hatte einen Vater hier, einen Sohn mit Schwiegertochter und Enkelkind. Sie sagte auch, daß sie maximal drei Wochen in der Reha. bleiben könnte, denn sie war arbeitslos und hatte Aussicht auf eine neue Arbeitsstelle, in drei Wochen. Dann erzählte sie, daß es Probleme mit ihrer Schwiegertochter gegeben hatte und sie dann drei Monate das Enkelkind, zu dem eine sehr gute Bindungsbeziehung bestand, nicht sehen durfte. Inzwischen war das erledigt, und sie konnte regelmäßig ihr Enkelkind sehen und betreuen. Ihr Vater schimpfte immer noch auf ihre Schwiegertochter, so daß das Thema eigentlich ständig präsent war. Und ich dachte innerlich:
Wie gut hatte es doch diese Frau. Sie durfte ihr Enkelkind nur drei Monate nicht sehen, ich dagegen überhaupt nicht nach der Geburt und dann ein ganzes Jahr nicht. Meine Tochter hatte es mir verboten, da ich mir eine Kritik bzgl. des Verhaltens meines ersten Enkelsohnes (damals 3 Jahre) erlaubt hatte. Ich habe es als schlimme seelische Folter und grausame Bestrafungsaktion einer hartherzigen Frau von KZ-Aufseherinnen-Format erlebt. Ich fragte dann die Patientin: *Wie lange konnten Sie denn Ihr Enkelkind nicht sehen, und wie lange konnten Sie es sehen?* Sie meinte, sie habe es ein Jahr sehen können und drei Monate nicht.

Ich dachte, *hatte sie es gut im Vergleich zu mir.* Darauf sagte ich spontan: *Stellen Sie sich mal vor, es wäre umgekehrt gewesen.*
Das wäre gar nicht auszudenken, wäre ja furchtbar. Gut, daß ich mein Enkelkind nur drei Monate nicht sehen durfte! Das war gelungen, die Frau strahlte über das Gesicht. *Gott sei Dank, es waren nur drei Monate. Die Schwiegertochter hat ja doch ein gutes Herz, ist doch nicht so böse, wie ich mal gedacht habe und mein Vater weiter behauptet.* Nun mußte sie es nur noch mit dem Vater klären. Aber dann war auch die Therapievertretungsstunde schon zu Ende.
Manchmal sah ich sie noch auf dem Flur, sah ihr strahlendes Gesicht. Ich freute mich mit, als ob es mir selbst passiert sei.

Als dann meine Kollegin wieder aus dem Urlaub zurück war, fragte sie mich, wie ich es denn gemacht habe, die Frau habe sich ja so verändert, sei gar nicht wiederzuerkennen.
Ich habe den richtigen Punkt getroffen, sagte ich. Mit der neuen Arbeitsstelle hat es dann auch noch geklappt. So konnte ich damals meine eigene Leidensgeschichte nutzen, um einer anderen Frau zu helfen. Mir hat es auch geholfen, zumindest etwas. Ich kann heute noch ihr befreites Gesicht sehen, und das macht mich glücklich.

Supervision

In einer Rehaklinik in Bad Osterhusen arbeitete ich als psychotherapeutische Ärztin in einer psychosomatischen Abteilung. Traumatherapie war ein Schwerpunkt, und ich hatte mir traumaspezifisches Wissen in entsprechenden Kursen angeeignet. In dieser Abteilung arbeiteten Ärzte und Psychologen. Einige Ärzte übernahmen sowohl die gesamte psychotherapeutische und somatische Betreuung ihrer Patienten, eine Ärztin nur die somatische Betreuung der Patienten, die von den Psychologen therapiert wurden. Wenn diese Ärztin nicht da war bzw. es ihr nicht möglich war, alle Patienten der Psychologen zu betreuen, mußten die anderen ÄrztInnen den somatischen Part übernehmen.

So geschah es, daß ich für die Patienten eines aus Syrien stammenden Psychologen die somatische Betreuung übernehmen mußte. Er war noch nicht so lange in der Abteilung, und die Beziehung zu ihm war nicht besonders gut. Er schien mich schon so einige Zeit zu übersehen, war so alt wie mein Sohn, also ca. 26 Jahre jünger. Dann kam der Tag, wo ich zufällig in der Morgenbesprechung neben ihm saß. Er grüßte und meinte, daß wir uns ja noch nicht gesehen hätten. Daraufhin antwortete ich: *Ich Sie schon, aber Sie mich nicht.* Das schien für ihn schon zu viel gewesen zu sein, das Gespräch brach ab bzw. kam erst gar nicht auf. Spaß schien er jedenfalls nicht zu verstehen. Auch im Umgang mit einer Psychologin hatte er sich bereits ziemlich hinterhältig verhalten.

Nun begann das Drama. Ich wollte eine Patientin von ihm medizinisch untersuchen, bzw. mußte es in einer Vertretungssituation. Die Akte der Patientin war nicht auffindbar. Daher schickte ich Mails an ihn mit der Bitte, mir die Akte zukommen zu lassen. Nichts geschah. Dann erfuhr ich, daß er nicht da war. Eine Schwester suchte in seinem Zimmer und fand die Akte nicht. Das nervte sehr, denn ich hatte wenig Zeit, aber die Patientin mußte von einem Arzt gesehen und untersucht werden. Daher blieb mir nichts anderes übrig, Gespräch und Untersuchung ohne Akte durchzuführen, was auch ganz gut gelang, da ich ohnehin eine sehr gründliche Anamnese machte.

Aus einem guten Anamnesegespräch kann man so viele Informationen bekommen. Das wird meiner Meinung ohnehin unterschätzt. Was dagegen alles unternommen wird, um mit Technik Informationen zu bekommen, wie z.B. Labor, CT, MRT, Sono., usw.. Dabei ist beides soo wichtig. *Der Patient sagt einem die Diagnose,* hatte ich mal in einem psychosomatischen Lehrbuch von Uexküll gelesen.

Als der psychologische Kollege dann wieder da war, zeigte er keinerlei Reaktion auf meine Mails. Eine kurze Entschuldigung oder Reaktion wäre ja wohl angebracht gewesen. Und die Akte bekam ich auch nicht. Dann sollte eine weitere Patientin von mir untersucht werden, die er psychologisch betreute. Der Krankenschwester im Schwesternsprechzimmer sagte ich, daß ich die Zusammenarbeit mit diesem Psychologen ablehnen würde, falls die Akte nicht rechtzeitig bei mir sein sollte. Kurze Zeit darauf muß Herr Macho in das Schwesternsprechzimmer gekommen sein und die Schwester ihm gesagt haben, was ich ihr gesagt habe. Das wußte ich allerdings nicht, und als ich dann kurze Zeit später in dieses Zimmer noch einmal kam, fuhr er mich schon in einem widerlich arrogantem Ton an, als ich in die Tür trat: *Kollegin, wenn Sie mir etwas zu sagen haben, sagen Sie es mir selbst, ansonsten lehne ich es ab, mit Ihnen weiter zusammenzuarbeiten.* Darauf entgegnete ich sinngemäß, daß es mir recht wäre und ich mit ihm auch nicht mehr zusammenarbeiten würde, wenn die Akte nicht rechtzeitig da sei.

Von da an klappte die Zusammenarbeit, die Akten waren rechtzeitig da, und ich nahm an, daß nun alles geklärt sei. Manchmal bewirkt ja so ein Zusammenstoß Wunder. Aber eben nur manchmal, und schon gar nicht bei Herrn Macho. Hinterhältig, wie er war, schlich er sich zum Ober-Macho-Arzt und beschwerte sich über mich, was ich allerdings nicht wußte. Diesem Oberarzt schien das gerade recht gewesen zu sein, um eine emanzipierte Ärztin, der er in keinster Weise gewachsen war, fertig zu machen, sprich seine Macht zu mißbrauchen, oder genauer zu sagen, den Psychologen für seine miesen Zwecke zu gebrauchen, um mir eins auszuwischen. Das alles wußte ich nicht, denn es geschah hinterrücks. Mit psychologischem Wissen mobbt es sich ja besonders gut. Für alle, die es in Ost und West noch nicht wissen sollten, die psychologische Ausbildung der Stasi-Mitarbeiter der DDR erfolgte an der Universität Jena. Dort lernten sie, wie man Menschen zermürbt. Friedrich Schorlemmer, der mutige Pfarrer aus Wittenberg und einer der geistigen Führer der friedlichen Revolution in der DDR 1989, beschrieb es als Zersetzung der Seele, als er Stasi-Methoden mit Mobbing verglich.

Wie hatte ich doch meine lieben deutschen Brüder in West-Germany unterschätzt. Diese Mobber-Typen waren ja genauso schlimm wie die Stasi in der DDR, die mit psychologischem Wissen Menschen fertig machten. Gut, daß ich meinen gesunden Menschenverstand noch hatte und reichlich Übung mit Macht mißbrauchenden Behörden und Mafia im Medizinsystem der DDR.

Mir fällt gerade ein Zitat einer nigerianischen Schriftstellerin ein: *Da haben wir nun Demokratie, und es ist immer noch nicht menschlicher.* Das gab mir zu denken.

Wer arbeitet denn hier an der Zerstörung der Demokratie! Genau dort. Dort beginnt die Gewalt, dort beginnt der Krieg. Diese Typen haben bloß noch nicht begriffen, daß sie der Krebs der Gesellschaft sind und daß Krebs seinen Organismus zerstört. Oder biblisch ausgedrückt: *Wer zum Schwert greift, wird selbst durch das Schwert umkommen.*

Dann kam die schöne Adventszeit auf uns zu, mit viel Glanz, viel Glitzer und Kitsch, gehört ja auch irgendwie zum kommerzialisierten Weihnachten dazu, wo leider oft das Eigentliche vergessen wird. Was würde wohl Jesus dazu sagen? Ich hörte mal in einem Vortrag: *Michael hat genug von Weihnachten, er sehnt sich danach.* Das konnte ich gut verstehen.

Jedenfalls am Montag, nachdem die vierte Adventskerze angezündet worden war, lag ich früh im Bett und bekam sehr schlimme Krämpfe in der oberen Magenregion. Wahrscheinlich war es ein Krampf der Cardia, des Muskels am Mageneingang, der sich krampfhaft verschlossen hatte. So einen Schmerz hatte ich noch nie, und ich dachte zunächst auch an einen Herzinfarkt, aber es wurde besser, wenn ich meinen

Körper zusammenrollte. Ich wußte es nicht so recht zu deuten. Ich ging wie immer in die Klinik, versuchte es gut hinzubekommen.

Am Mittwoch, drei Tage vor Weihnachten, sollte noch eine Supervision des gesamten Teams stattfinden, wo alle unbedingt kommen sollten, da es um eine Mitarbeiterin der Abteilung gehen sollte. Außerdem war die Teilnahme Pflicht, und über das, was dort besprochen wurde, bestand Schweigepflicht. Es wurde nicht gesagt, um wen oder was es ginge. Dann fragte ich mich, ob es da vielleicht um mich ginge und der Krampf eine Warnung gewesen sein könnte? Ich hatte jedenfalls eine dunkle Ahnung und bat meine Tochter, mich vorsichtshalber auf dem Notfallhandy anzurufen, das ich an diesem Nachmittag hatte. Das heißt, bei einem Notfall in der gesamtem Klinik müßte ich sofort als Ärztin einspringen.

Dann kam der Mittwoch. Ich war die Letzte, die in die Supervisionsrunde kam, nur ein Platz war frei. *Da kommt sie ja endlich,* hieß es, als ob alle schon sehnsüchtig auf mich gewartet hätten und Angst gehabt hätten, daß ich nicht kommen würde. Dann ging es los. Die Supervisorin, die im Vorfeld unterrichtet worden war, sprach den aus Syrien stammenden Psychologen an, er möge das Thema bzw. das Problem vortragen und siehe da, es ging wirklich um mich! Na endlich mal! War das eine Herausforderung! War das eine Übungsgeschenk, wie so im Psychobereich geredet wird!

Jetzt werde ich endlich mal gesehen, Mobbing pur in der Supervision und dann noch Schweigepflicht! Kann man sich etwas Schöneres zu Weihnachten wünschen als so eine Chance? Danke, danke, ihr Besen, für das tolle Geschenk, ein paar Tage vor Weihnachten! Nun ging es los. *Es geht um das Problem, das Frau Bauhardt mit mir hat,* sprach der Psychologe. *Ich habe kein Problem mit Ihnen,* sagte ich, *und außerdem finde ich es nicht o.k., daß hier sich offenbar alle auf diese Supervision vorbereiten konnten, nur ich nicht informiert worden bin.* Die Supervisorin sprach den Obermacho an: *Haben Sie mit Frau Bauhardt vorher gesprochen?* Er verneinte und meinte, das brauche er nicht. Dabei sprang er fast vom Stuhl, seine Augen weiteten sich wie zu einer Bestie, zum Sprunge bereit, um zu töten. Diesen Blick kannte ich von einem Vater, wo ich dachte, daß er seinen am Boden liegenden Sohn, den ich mal als einen Bruder betrachtet habe, tot schlagen würde, wo aber die Mutter noch rechtzeitig eingegriffen hatte und ich Zeugin wurde. Aha, dachte ich. Das kenne ich doch.

Die Supervisorin fragte dann, ob ich es mir trotzdem vorstellen könnte, o.g. Problem in dieser Supervision zu besprechen, und ich sagte ganz klar: *Nein, das kann ich nicht.* Totenstille, keiner hatte damit gerechnet. Ihre Rechnung ging nicht auf. *Aber Sie haben doch gesagt, daß Sie das mit den Krankenakten usw.,* meinte der syrische Psychologe. Meine Antwort: *Seitdem klappt es wunderbar mit der Zusammenarbeit. Ich habe kein Problem mit Ihnen.* Der bestialische Blick des Oberarztes war kaum noch zu bremsen. Jetzt klingelte das Nottelefon, und ich ging raus. Eine Kollegin wollte das übernehmen, aber ich lehnte ab, denn es war ja die Nummer meiner Tochter. Mit ihr sprach ich nur kurz, bedankte mich und legte auf. Dann nutzte ich die Zeit, mich zu sammeln. Gehe ich da wieder rein oder nicht? Ich entschied mich reinzugehen.

Der Psychologe schritt nun zum nächsten Hieb. *Ich hätte die ganze Atmosphäre in der Abteilung verdorben.* Die Supervisorin fragte dann, wer dabei gewesen sei bzw. involviert worden sei. Keiner meldete sich. Dieser Hieb war wieder ein Eigentor gewesen. Die einzige Krankenschwester, die etwas hätte sagen könne, hatte frei und hätte wahrscheinlich auch für mich ausgesagt, denn mit ihr habe ich mich sehr gut verstanden. Sie war meine Lieblingskrankenschwester, sozusagen. Zum Abschied schenkte ich ihr auch ein Kinderbuch von Gerald Hüther über Gehirnentwicklung. Das war in meinen Gruppen Pflichtlektüre, da brauchte ich nicht soviel Psychoedukation zu machen und hatte auch gute Anknüpfungspunkte für die Gruppentherapien. Der einzige Krankenpfleger, der früher mal in der Pflegeleitung war und abgesetzt worden war, fragte dann noch einmal, ob ich mir nicht vorstellen könnte, die o.g. Sache zu erörtern, woraufhin ich dann nochmals *Nein* sagte und er zusammenzuckte. Hatte er mein erstes *Nein* nicht verstanden. Was bildete sich dieser Kerl denn ein? *Ein Nein ist ein Nein.* Das ist ein Kernsatz der Traumatherapie. Wie viele Machos mußte ich jetzt noch schaffen? Ist noch einer da? Nein, das waren die drei einzigen Männer in dieser Runde, an die ich mich erinnere, und sie hatten alle gesprochen. Vielleicht war der Kunsttherapeut noch anwesend?
Dieser Krankenpfleger rief mich mal, als ein Patient im Schwesternsprechzimmer eine Panikattacke hatte. Nach wenigen Minuten war sie vorbei. Ich hatte eine bestimmte Technik angewandt, woraufhin der Macho-Krankenpfleger meinte, das hätte nicht mal er geschafft. Wie bescheiden er doch war!

Von den anwesenden Frauen sagte keine etwas, soweit ich mich erinnere. Hoch lebe die Solidarität! Dann schlug ich vor, daß der Psychologe und ich gemeinsam eine Mediation machen und dann in einer der nächsten Supervisionen über das Ergebnis berichten. Die Supervisorin griff diesen Vorschlag dankbar auf, aber der Psychologe lehne vehement ab. Warum wohl?

Als nächster Hieb kam dann, ich würde etwas gegen ihn haben und nicht grüßen. Verteidige ich mich, oder was mache ich jetzt, denn ich hatte ihn bisher immer kopfnickend gegrüßt. Ich entschied mich, ihm den Wind völlig aus den Segeln zu nehmen. Ich erklärte ihm, daß ich nichts gegen ihn habe und daß es mir leid täte, falls ich ihn mal nicht gegrüßt haben sollte. Jetzt war er mit seinem Latein am Ende. Jetzt mußte der Ober-Macho wieder ins Spiel kommen und das Schlußwort sprechen.
Er sprach dann klug und weise, daß es nicht erforderlich sei, daß ich die Krankenakte vom Psychologen bekäme. Alles schwieg, denn er hatte ja gesprochen. Also mußte ich jetzt wieder ran und sagte, daß es wohl selbstverständlich sei, daß ich als Ärztin die Krankenakte bekäme, damit ich mich bestens über den Patienten informieren kann, daß ich das verlange und auch zu bekommen habe. Nun war der Ober-Macho-Arzt auch am Ende mit seinem Latein. Alles schwieg. Die Supervision war zu Ende. Bloß der Beifall fehlte noch zu diesem klassischen Theaterstück im Mafia-Medizin-System West. Über das Mafia-Medizin-System Ost wird an anderer Stelle noch berichtet werden.

Welche Ähnlichkeit da doch besteht, zwischen Ost und West. Wenigstens da eine

Annäherung. *Machos aller Länder vereinigt Euch!* Bei Karl Marx hieß es - *Proletarier aller Länder vereinigt Euch!* Alles nur Zufälle, die ausgerechnet mir passiert sind? Oder haben die hier im Westen nur den Eisernen Vorhang aufgemacht, damit ich mal herüberkomme und zeige, was Emanzipation wirklich heißt: *Die Befreiung von jeglicher Unterdrückung zu freier Entfaltung der Persönlichkeit.* Denn Freiheitsideologie, Erfolgsideologie und christliche Ideologie haben alle eine Wurzel - mephistolen zerstörerischen Ungeist!

Alles ist schon da, man muß es nur entfalten, das ist von Sokrates, und das heißt sokratischer Erziehungsstil, sokratischer Führungsstil. Dagegen haben Machos und schweigende Mitläufer keine Chance. Nach diesem dreisten Theaterstück wurde ich völlig allein gelassen, keine Solidarität, keine Positionierung gegen Mobbing. Die Supervisorin verzog sich schnell. Ich war ziemlich erschöpft, ging nach Hause.

So richtige Weihnachtsstimmung konnte nicht aufkommen, trotz dieses Geschenks.

Ich rief meinen Rechtsanwalt an, brauchte jemanden zum Reden und bekam noch einen Tag später einen Termin am Nachmittag. Es war so etwa der letztmögliche Termin vor Weihnachten.

Am nächsten Tag war ich eigentlich nicht arbeitsfähig. Wie soll ich denn mit solchen Typen, und damit meine ich alle, noch zusammenarbeiten können?

Wenn hier einer die Arbeitsatmosphäre verdorben hat, dann waren es doch diese blöden Machos und die schweigende Masse!

Dennoch ging ich, riß mich zusammen, alle staunten, wußten nicht so recht, wie sie mit mir umgehen sollten, insbesondere der Krankenpfleger. *Schämt euch mal, schaut mir mal in die Augen! Warum seid ihr denn so verunsichert?* Mit dem Psychologen klappte die Zusammenarbeit dann ganz gut, ich hatte aber auch wenig mit ihm zu tun, mußte ihn aber auch ab und zu psychotherapeutisch vertreten. Dann fragte er mich nach dem Buch, von dem die Patienten sprachen und wie ich das denn machen würde, daß die Patienten so von mir begeistert wären? Was sollte ich da sagen? Ich gab ihm das Buch und meinte, daß ich mich eben gut qualifiziert habe.

Ich hatte mir auch einiges selbst ausgedacht, das sagte ich nicht. Sich mit fremden Federn schmücken, das kannte ich schon zur Genüge. Und das hätte er sicher getan, denn Fairneß war nicht so sein Ding.

Ich verwies auch auf das Bild eines Malers, der Patient bei mir gewesen war und das jetzt in seinem Zimmer hing. Der Patient hatte das Bild der Klinik aus Dankbarkeit geschenkt. Da war ich gerade mal vier bis fünf Monate in dieser Klinik tätig. Es brachte mir allerdings viel Neid ein. Ich hatte auch einen Katalog dazu, den ich ihm gab. Ob der Psychologe wohl jemals gecheckt hat, daß er vom Oberarzt für dessen Zwecke mißbraucht worden war? Später ließ er sich in einer Praxis in Niedersachsen nieder. Als dann später eine sehr zufriedene Patientin von mir einen ambulanten Psychotherapeuten suchte und die Chefärztin ihr diesen Herrn vorgeschlagen hatte, sagte ich ihr, daß er völlig anders arbeiten würde als ich und sie genau schauen sollte, ob dieser Therapeut für sie wirklich paßt.

Der Rechtsanwalt hörte mir gut zu, schien es gut zu finden, wie ich agiert hatte, meinte aber, er würde eher kein Schreiben an die Klinik senden wollen, da es das

Ganze noch mehr anheizen könnte. Er würde es aber machen, wenn ich darauf bestehen würde. Ich habe nicht darauf bestanden. Es war Donnerstag und ein paar Tage später war Weihnachten.

Dann kam der letzte Arbeitstag der Supervisorin in der Klinik. Es sollte eine Rückschau erfolgen. In diesem Kontext meinte sie, es habe da auch einen Konflikt gegeben und schaute mich an. Dann reichte es mir. Es waren alle da - Chefärztin, Oberarzt, Ärzte, Psychologen, Krankenschwestern, Kunsttherapeuten, Sporttherapeuten u.a.. Ich sagte nur einen Satz, und der saß:
Mein Rechtsanwalt hat gesagt, daß ich an so einer Supervision nicht teilnehmen muß.
Dann war Stille.
Ich sah die Supervisorin noch einmal zur Coronazeit in einem Teeladen, wo sie als Verkäuferin arbeitete. Es sah so aus, als ob sie sich am liebsten vor mir verkriechen wollte. Ich habe sie trotzdem freundlich gegrüßt. Das wars. Supervision.

Nachtrag: Als ich beim Mittagessen später einmal am gleichen Tisch wie der Oberarzt saß, regte er sich darüber auf, daß es Tendenzen gebe, daß Mobber die Therapie der Mobbingopfer bezahlen sollten.
Genau das ist richtig, meinte ich. Dann war Ruhe.

Gruppenpsychotherapie
Vertretungsstunde

Nun mußte ich auch noch für diesen Kollegen, der mir nicht freundlich gesonnen war und Macho-Verhalten aus dem arabischen Kulturkreis an sich hatte, eine Gruppenpsychotherapie vertreten, wo ich doch lieber Einzelgespräche machte und eine Gruppentherapie mir so einiges abverlangte. Meine Gruppe lief ja recht gut, da ich alle gut aus den Einzelgesprächen kannte.

Ich wußte nichts von seinen Patienten und erinnere mich auch nicht so genau, ob mir etwas an Informationen übergeben worden war. Wahrscheinlich hätte ich mir sowieso nicht alles merken können, denn es waren ca. acht bis zehn Patienten, meist Männer. Also überflog ich die Krankenakten, um wenigstens einen Überblick zu haben und nicht ganz so blöd dazustehen.

Dann ging ich in den Therapieraum, mit dunkelrotem Samt ausgelegt und ockergelben karierten Stühlen. Ich schloß auf, die Patienten warteten schon auf mich. Ich kam meist auf den letzten Drücker, aber noch pünktlich, wollte ja die Patienten nicht warten lassen, denn Warten an sich kann als subtiles Machtinstrument eingesetzt werden. Das hatte ich schon in der DDR verstanden, als Prof. B. eine ärztliche Kollegin lange vor seinem Zimmer warten ließ, damit sie sich kleinschrumpfte, obwohl sie eine Menge zu tun hatte und möglichst pünktlich Feierabend machen wollte, denn sie hatte ein kleines Kind. Aber Überstunden waren in der DDR verboten und wenn man sich anstrengte, schaffte man es auch fast immer. Dann gab es da noch ein Buch, das ich nur zum Teil lesen konnte, denn ich kannte das schon aus eigener Erfahrung. *Der Wiener Kongreß.* Da ging es vor allem um das Getue und Gehabe von Psychiatern. Da war es schon aufgetaucht: *Das Warten an sich.*

Alle Patienten nahmen Platz. Es war ein ziemlich großer Kreis. Ich stellte mich vor, wollte das Thema der Stunde besprechen. Da trat ein Herr auf der linkem Seite in Erscheinung, der sich gleich als Gruppensprecher aufspielte. *Hier spricht jeder für sich,* sagte ich. Das schien ihm gar nicht zu gefallen. Dann trat ein jüngerer Mann auf, der mir so ziemlich gegenüber saß. *Er wolle mich gleich warnen, er sei ein Frauenhasser.* Wie nett, daß er mich schon vorwarnte. Was sollte ich dazu sagen? War das etwa mein Problem? Ganz sicher nicht. Dann trat ein Mann aus der rechten Reihe in Erscheinung. *Er mache überhaupt nichts, sitze hier seine Zeit ab,* mit verschränkten Armen und lässig zurückgelehnt. Dachte der denn etwa, ich strampele mir hier einen ab? *Sie haben Mitwirkungspflicht. Außerdem ist die Reha. hier aus unserer aller Gelder solidarisch finanziert. Und wenn Sie Ihrer Mitwirkungspflicht nicht nachkommen, wird die Therapie beendet,* erwiderte ich. Das hatte nun verschiedene Auswirkungen. Der Sprecher regte sich gleich über mich auf. Da sagte ich nochmals: *Jeder spricht für sich und daß es dem anderen Patienten nicht helfen würde, wenn er für ihn sprechen würde, denn er würde ihm die Chance nehmen, seine Interessen selbst zu vertreten.* Da war erst einmal Ruhe. Dann trat die Fraktion von Gegenüber mit Frauenhasser auf. Und welch ein Wunder, ich mußte mich gar nicht warm anziehen, denn er fand das gut, was ich sagte, vor allem, daß ich auf die solidarische Finanzierung hingewiesen hatte. Der Patient selbst sagte dann: *Ja, er habe anfangs mitgemacht, dann habe er etwas gemacht, was der Therapeut ihm gesagt habe, und das hätte nicht geklappt, nun sei er frustriert.* Ich fragte dann, ob er das denn mit dem Therapeuten besprochen habe, was er dann verneinte. Ich schlug ihm vor, das zu tun. *Da der Bezugstherapeut nicht da war, könnte das die Vertretung übernehmen.* So ist es dann später auch geschehen. Nachdem nun diese Feinheiten geklärt waren, konnte ich dann noch etwas anderes besprechen. Ich glaube, es ging um Abgrenzung. Das war ein Thema, das eigentlich immer gut lief.

Der selbst ernannte Sprecher war, so glaube ich, weiter unzufrieden mit mir. Der Patient mit Mitwirkungspflicht ging dann zur Vertretungstherapeutin, wo er das Thema dann ansprach, was zu einem guten Ende führte. Er lobte dann, wie gut diese Klärungsstunde bei ihr gelaufen war und wie gut doch das Einzelgespräch gewesen war. Sie (ziemlich narzißtisch) drehte sich voller Entzücken in diesem Glanze: *Was bin ich doch für eine tolle Therapeutin!* Ich wurde überhaupt nicht erwähnt. Ob diese Stunde ihm wirklich geholfen hat, oder sogar geschadet? Ich habe so meine Zweifel. Zumindest arbeitete er in den Therapien wieder mit. Und das war doch ein therapeutischer Erfolg! Zwei Narzißten hatten sich gefunden.

Verleihung des Bundesverdienstkreuzes angesagt?

Aufklärungsgespräch

Wieder war es mal eine Patientin mit einem großen Beckenwandrezidivtumor, der bestrahlt werden sollte. Eine frühere Bestrahlung war bisher nicht erfolgt. Die Patientin war bereits in einer Klinik in Stuttgart in der Strahlentherapie vorgestellt worden und hatte nach dem Aufklärungsgespräch eine Therapie abgelehnt. Die Nebenwirkungen seien wohl zu stark und die Lebenszeit ohnehin nicht mehr lang. Was sollte sie sich da noch mit einer Bestrahlung herumquälen.

Bestrahlungen hatten ohnehin einen schlechten Ruf in der Bevölkerung. Erst kommt Strahlentherapie, dann die Pathologie. Inzwischen hatte sich auf diesem Gebiet recht viel geändert. Aber in der Bevölkerung ist Bestrahlung mit etwas sehr Negativem assoziiert, und ich erlebte es mal bei einem Yogakurs, daß die Leiterin Röntgenstrahlen verteufelte. Daraufhin ging ich zu ihr, sprach mit ihr. Dann entschuldigte sie sich.

Nun wurde die Patientin, die inzwischen in der Urologie im hiesigen Krankenhaus lag, vorsichtshalber noch einmal vorgestellt.

Für mich war sofort klar, daß die Frau bestrahlt werden mußte, um ihre Lebensqualität deutlich zu verbessern. Sie hatte so starke Blutungen, daß sie bettlägerig war, und durch die Blutarmut war sie außerdem zusätzlich entkräftet. Ich erklärte ihr den Sinn der Bestrahlung, die Nebenwirkungen wurden erst einmal gar nicht erwähnt. *Wenn wir Sie bestrahlen, dann wird das zu einer Tumorverkleinerung führen, die Blutungen werden aufhören, sie können wieder herumlaufen, sind nicht mehr ans Bett gefesselt. Und wenn Sie Glück haben, verschwindet der Tumor sogar ganz. Da muß aber eine entsprechende hohe Dosis eingestrahlt werden. Es können aber auch Nebenwirkungen auftreten, die wir dann symptomatisch behandeln. Spätfolgen können, aber müssen nicht auftreten. Eine Niere arbeitet ohnehin nicht mehr richtig. Vielleicht kann ihre Funktion aber wieder deutlich verbessert werden, wenn der Tumor nicht mehr auf den Harnleiter drückt. Wir werden die Bestrahlung so schonend wie möglich machen.*

Die Patientin und der Ehemann, der sie begleitet hatte, brauchten nicht zu überlegen. Sie stimmten sofort zu. Sie wurde in der Strahlentherapie stationär aufgenommen, und die Bestrahlung begann. Den Ehemann sah ich fast täglich zum Mittagessen in der Cafeteria, da er seine Frau täglich besuchte. Manchmal saßen wir auch an einem Tisch, und er berichtete. Alle meine Prophezeiungen traten ein, die Blutungen hörten auf, der Tumor verkleinerte sich deutlich, die Lebensqualität nahm zu. Sie konnte wieder aufstehen, spazieren gehen. Was muß das alles in der Frau ausgelöst haben! Die Freude war dem Ehemann sichtlich anzusehen, und die Hoffnung!

Vielleicht hat sie ja Glück. Und das hatte sie. Zumindest hat sie eine kurative Dosis bekommen, kaum Nebenwirkungen gehabt. Ich habe mich sooooooo mitgefreut, was sich natürlich auch wieder günstig auf heilsame Prozesse auswirkte. Der Tumor sprach sehr gut auf die Bestrahlung an, war sehr strahlensensibel. Das sind so wunderbare Momente! Ein gut erklärtes Gespräch hatte wahre Wunder bewirkt.

Und es war fast so ein ähnlicher Fall wie in einem Krankenhaus in Frankfurt am Main, wo ich dann meine Arbeitsstelle verloren hatte, weil ich mich dagegen aufgelehnt habe, daß die Patientin keine kurative Dosis bekommen sollte.

Inzwischen ist es in Studien belegt, daß Patientinnen mit nicht durch ionisierende Strahlen vorbelastetem Status eine hohe Strahlentherapiedosis, auch bei Radio-Chemotherapie, erhalten müssen, um eine Heilung anzustreben. Das habe ich schon vor 30 Jahren gewußt, auch ohne Studien. Ich habe es einfach gemacht. Was gab es denn zu verlieren? Nichts. Und zu gewinnen? Alles. Das einzige, einmalige Leben eines Menschen. Wer weiß, wie viele Frauen untertherapiert worden sind.

Ich finde es höchst unverantwortlich, Patienten mit den Nebenwirkungen vollzuknallen. Es sind Nebenwirkungen, weiter nichts, die dramatisiert werden.

Es kommt aber auf die Hauptwirkung an - die Tumorvernichtung. Es ist wohl auch die Angst vor einer rechtlichen Auseinandersetzung, die hier herein spielt, denn Strahlennebenwirkungen erlebt nun mal nur, wer überlebt. Aber wenn man gut aufklärt und dokumentiert, braucht man eine rechtliche Auseinandersetzung nicht zu fürchten. Und wenn selbst eine Niere nicht mehr voll funktionstüchtig sein sollte, mit einer Niere kann man leben. Es muß eben alles sorgfältig geplant und abgewogen werden, die Patientin mit einbezogen werden. Einer Patientin mit Heilungschance, eine palliative Strahlentherapie anzubieten, ist mörderisch.

Da können größenwahnsinnige Narzißten so richtig ihre Allmachtsphantasien ausleben. Und ich bekomme eine mörderische Wut, zu recht. Als ich dann während meiner Arbeitslosenzeit ca. 2004 zu einer Fortbildung über psychosomatische Medizin in Stuttgart war, ging es auch um die Behutsamkeit eines Aufklärungsgesprächs. Darauf meldete ich mich zur Diskussion und sagte, daß so ein Gespräch auch dazu beitragen kann, ob eine Therapie überhaupt stattfindet oder nicht. Warum ich wohl so komisch angeschaut wurde? Das hatte bisher noch keiner gehört. Da wurde es mal Zeit.

Lyrischer Arzt-Patient-Dialog

Ärztin erkrankt
an
unmenschlichen Bedingungen
Patientin geheilt
durch
Menschlichkeit

Ballade vom kranken Haus

Wir trafen uns im Krankenhausflur,
und er sprach mich plötzlich an,
ich glaube,
Sie sind die richtige Frau,
die mir helfen und mich verstehen kann.
Können Sie mir geben bitte einen Termin,
wann und wo ich Sie sprechen kann?

Ich sagte,
kommen Sie doch gleich mit,
das machen wir in meinem Zimmer sofort.

Er sprach,
ich habe ein Bronchial-Carcinom
und habe nur noch wenig Zeit,
ich weiß es, mir ist es klar,
was fange ich nur mit dem Rest meines Lebens an,
können Sie mir das nicht sagen?

Ich habe gearbeitet bei VW,
bin über die Meere gefahren,
war Meister in der Taubenzucht,
war immer unterwegs,
habe geschafft, gearbeitet mein ganzes Leben lang,
was fang ich nun, was fang ich nur
mit meinem Leben noch an?

Ich machte Vorschläge, gab mir große Mühe,
machen Sie doch dies, oder machen Sie doch das,
und vielleicht die Taubenzucht?
Er schaute mich kopfschüttelnd an.

Nein, nein, das will ich alles nicht,
will nur auf eine Bank,
und in den Fluß, in die Aller schauen,
wollte es schon mein ganzes Leben lang,
einfach mal nichts tun.
Dann machen Sie doch das, sprach ich dann.

Er war auf einmal so frei und froh,
mal einfach nichts zu tun
und nur sitzen auf einer Bank, in die Aller sehen,
sich einfach nur auszuruhen.

Zufällig hatte ich die Aller fotografiert,
hab das Bild ihm geschenkt,
und als ich zur Visite kam,
hatte er es auf seinen Nachttisch gestellt.

So konnte er schon im Krankenhaus
den Fluß, die Aller sehen,
als säße er ganz ruhig und friedlich auf einer Bank,
was er wollte schon sein ganzes Leben lang,
ausruhen und mal nichts tun.

Daß ich ihm keinen Termin gegeben,
ihn gleich mit in mein Zimmer nahm,
das hatte seine Erwartungen wohl weit übertroffen,
die kleine Geste ist's, die ihm gut getan.

Wie lange er noch gelebt hat,
das weiß ich leider nicht,
denn ich habe die Probezeit nicht bestanden,
mußte aus der Klinik gehen,
denn ich sagte *Nein* zu einer Therapie,
die ich mit meinem Gewissen
nicht vereinbaren gekonnt.

Soll das denn die viel beschworene
Gewissensfreiheit des Arztes sein
in einer Demokratie?

Der Personalchef fragte mich als dann,
wie das alles so kam,
er verstand alles und sagte ganz klar,
das verstehe ich als medizinischer Laie sogar.
Sie haben ja Ihre humanistischen Ideale noch,
schaute mich staunend an,
als ob ich eine Exotin wäre
im deutschen Medizinsystem.

Aber Sie müssen gehen, müssen von der Klinik gehen,
haben ja eine Arbeit verweigert
in der deutschen Medizinerhierarchie.

Hatte er denn nicht verstanden
dieser Personalchef, dieser arme funktionierende Mann,
daß ich gerade gehen mußte,
weil ich meine humanistischen Ideale noch hab?

Der Chefarzt dagegen sagte mir,
Humanistische Ideale? Was ist das schon,
die habe ich doch schon lange abgegeben,
hab´sie an der Uni vor langer Zeit schon begraben.

Als ich an die Landesärztekammer Niedersachsen schrieb,
kam nicht mal eine Antwort auf meinen Brief,
ich rief dann in Hannover an,
ein Justiziar kam an die Leitung gleich dran.
Eine unabhängige Untersuchungskommission,
die wollen Sie?
Das machen wir dann schon,
aber über das Ergebnis werden wir Sie nicht informieren,
Sie könnten ja in die Öffentlichkeit damit gehen.

Daran hatte ich gar nicht gedacht,
denn ich hatte nur eines im Sinn,
daß die Patienten dort in dem kranken Haus
nach neuestem Wissen gut behandelt werden können.

Was ist das nur für eine Selektion
wo Ärzte mit Gewissen werden aussortiert,
seitdem beschäftigte ich mich intensiv,
mit der Gewissensfreiheit des Arztes auch zu
anderen Zeiten und insbesondere mit der NS-Medizin.

Auch damals gab es schon den ärztlichen Eid,
zu dem jeder Arzt verpflichtet war und heute ist,
und trotzdem liefen soviel Ärzte mit,
fanden es ganz normal,
daß die Nürnberger Rassengesetze
zu ihrer Wirkung kamen.

So viele Ärzte gingen in den letzten Jahren fort,
um im Ausland zu praktizieren,
nun wird gejammert
Ärztemangel, Personalmangel...................,
ich kann es nicht mehr hören.
Ist der Grund die Bezahlung nur?
Nein, denke ich da eher.

Dabei ist das Arztsein ein so schöner Beruf,
Menschen zu helfen, sie zu begleiten,
Zuwendung zu geben,
ihn zu verstehen, sich hinzuwenden
und auch mal behutsam in den Arm zu nehmen.

So war ich konkurrenzlos glücklich
als Exotin mit meinen humanistischen Idealen
in Deutschlands kranken Häusern
und bei Patienten äußerst beliebt,
nur mit dem Personal war es manchmal schwierig,
wenn sie Chefärzten und Oberärzten waren hörig.

2022

Schreibtischtäter

Dr. med. Helgard Bauhardt
xxxxxxxxxxxxxxxxxxxxxx
xxxxxxxxxxxxxxxxxxxxxx

Herrn S.
Kaufmännischer Direktor
des Xxxxxxxxxkrankenhauses
in Xxxxxxxxx

Xxxxxxxxx, den 27. 3. 2001

Sehr geehrter Herr S.
Bevor ich aus dem Xxxxxxxxxkrankenhaus ausscheide, möchte ich noch einmal meine Meinung über das Geschehene zum Ausdruck bringen.
Ich finde, daß es nicht gerade von Souveränität und einer demokratischen Kultur zeugt, wenn Kündigungen Ihrerseits ausgesprochen werden, ohne vorher mit dem betreffenden Mitarbeiter gesprochen zu haben. Wahrscheinlich muß erst einmal ein Patient klagen oder in die Öffentlichkeit gehen, bevor Sie sich Gedanken machen, was im Xxxxxxxxxkrankenhaus passiert. Ich hatte bereits Anfang 2000 die Oberin auf die Zustände in der Strahlentherapie aufmerksam gemacht, ich hatte Herrn Dr. G. und die Mitarbeitervertretung informiert und in meinem Schreiben an die Oberin auch ganz klar und eindeutig die Namen der Arbeitsklimaverpester und der Saboteure meiner ärztlichen Tätigkeit benannt. Eine Patientin, der sehr großes Leid in der Abteilung widerfahren ist, und nicht nur in der Strahlentherapieabteilung, hatte sich über zwei Gedichte und einen konstruktiven Vorschlag an Herrn Prof. H. und an die Oberin gewandt. Es kam weder eine Antwort, noch eine Einladung zum Gespräch. Was meinen Sie, was für ein häßlicher Eindruck entstanden ist? Sie sprach von KZ-Aufsehertyp über eine MTR und Kasernenhof. Vielleicht geht sie irgendwann in die Öffentlichkeit mit ihren Gedichten und bricht das große Schweigen? Viele Patienten (und nicht nur Patienten) haben ja noch Schwierigkeiten, sich als mündige Bürger zu verstehen und zu begreifen. Wo soll die Frau auch sonst hingehen und ihrer schweren Frustration Ausdruck verleihen, wenn sie das hier nicht kann?
Niemand aus ihrer Leitung kann sich hinter der billigen, faulen Ausrede verstecken, er hätte es ja nicht gewußt, auch Sie nicht, denn Sie haben sich ja nicht einmal die Mühe gemacht, mich zu befragen. Sie wissen sehr gut, daß die Fluktuation der Assistenzarztstelle in der Strahlentherapie sehr hoch ist und hätten sich schon längst

einmal fragen müssen, warum das so ist und neuen Mitarbeitern besondere Aufmerksamkeit schenken müssen. Diesen Vorschlag hatte ich auch schon der Oberin unterbreitet. Das wäre z.B. eine Möglichkeit, die Gewaltspirale zu durchbrechen, aber sie hat meinen Vorschlag nicht realisiert. Das schlechte Arbeitsklima in der Strahlentherapie ist einfach unternehmensschädigend, und es hat mich sehr gestört, daß einerseits avantgardistische Methoden wie die Lymphszintigraphie bei Mammatumoren betrieben werden, andererseits so mittelmäßige, destruktive Kleingeister und notorische Meckerer das Sagen haben und somit fast jeglichen Fortschritt blockieren und Kreativität verhindern. Besonders schmerzlich und widerwärtig für mich war das dümmliche Getue, das Geknickse, Gebuckele und Hofiere vor der Macht. Mir wird heute noch übel, wenn ich daran denke. So etwas habe ich nur von den allergrößten und allerwiderwärtigsten Schleimern in der DDR erlebt. Haben Sie sich schon einmal gefragt, ob Sie als Patient sich im Xxxxxxxxxkrankenhaus behandeln lassen würden? Ich würde es nicht mehr tun und auch niemanden raten.

Daß eine gute Sozial- und Wirtschaftspolitik einander bedingen, hat bereits Prof. Ernst Abbe (Physiker und Begründer der Carl Zeiss Stiftung Jena) in seinen sozial-politischen Schriften Ende des 19. Jahrhunderts (in Dtsch, Bibliothek stehend) beschrieben, und er hat mit seiner Politik das Zeiss-Werk zu einem Weltspitze-Unternehmen geführt. Das Jenaer Glaswerk "Schott", das völlig bedeutungslos war, hat er zu Weltruhm gebracht. Das war ein sozial denkender Unternehmer, dem das Wohl seiner Mitarbeiter nicht gleichgültig war, im Gegenteil, es lag ihm am Herzen. Er ist auf die Leute zugegangen und hat sich ihre Meinungen, Vorschläge, Kritiken vor Ort angehört und sich ein eigenes Bild gemacht und dann gehandelt und nicht nur schöne Reden gehalten. Er war ein Mann der guten Tat. Davon kann ich heute über 100 Jahre später nur träumen. Diese Dinge mußte ich Ihnen mal schreiben, denn ohne richtige Diagnose keine richtige Therapie. Mein Schreiben ist Ihre Chance, und nicht die meine, daß Sie meine Kritiken, Hinweise und Vorschläge konstruktiv umsetzen und daß sich im Xxxxxxxxxkrankenhaus etwas in Richtung Menschlichkeit bewegt, denn was ich im Xxxxxxxxxkrankenhaus erlebt habe, war die Hölle auf Erden. Keiner ist mehr als ein Mensch, aber auch nicht weniger (Spruch).

Mit freundlichen Grüßen

Dr. med. Helgard Bauhardt

Zerstörung, modern und alt

Nichts ist so zerstörerisch
wie das Grau des Alltags
nichts, so grau
wie das tägliche Einerlei,
der tägliche Trott
der trägen
nicht denkenden Masse,
die gefühllos arbeitet
gefühllos
eine funktionierende Maschine.

Nichts, so zerstörerisch
wie die Unwürde in Person
nichts, so zerstörerisch
wie die Institution,
die jegliches Leben erstickt,
Menschen
in triste Keller schickt,
die gerade mal gut sind
für die Kartoffelaufbewahrung
im Dunklen,
das Keimen des Lebens
zu verhindern.

In der Architektur zeigt sich
der Geist einer Institution
die Psychosomatik einer Kultur
ihre Seele.

Sie ist fensterlos
ohne Gesicht
keine Schneeflocke
kein Sonnenstrahl
tanzen
in diesem Käfig
und Regentropfen klopfen
vergeblich

Januar 2001

Lied der Strahlentherapeuten

Wir ziehen heute um
aus dem Keller der Vergangenheit
Wir ziehen heute um
an das Licht der Menschlichkeit

Wir ziehen heute um
aus dem Keller der Finsternheit
Wir ziehen heute um
in ein Land
das Zukunft heißt

Schwer beladen mit Blei
können wir kaum tragen
Schwer beladen mit Blei
können wir kaum tragen

Nicht für Waffen und Gewehre
mit Kugeln beladen
Nicht für Waffen und Gewehre
mit Kugeln beladen

Sondern Bleiblöcke zum Schutz
zum Schutz
des Menschenseins
Bleiblöcke zum Schutz
zum Schutz der Menschlichkeit

Gegossen in einer Bleiküche
von Menschen für Menschen
Gezeichnet von Menschen
für Menschen

Getragen von Menschen
zu Menschen

daß das Leben, daß das Leben, daß das Leben
erträglicher sei
daß das Leben, daß das Leben, daß das Leben
einfach schöner sei

Mit Krebs und ohne Krebs
Jetzt und Später
Mit Krebs und ohne Krebs
Später und Jetzt

Kampf dem Krebs
Gemeinsam gegen den Krebs
Kampf dem Krebs
Gemeinsam für Menschlichkeit

Kampf dem Krebs
für eine Zukunft
für eine Zukunft
die FRIEDEN heißt

Insel der Menschlichkeit
in der Medizin
INSEL DER MENSCHLICHKEIT
in der MEDIZIN

Wer kommt mit auf meine Insel?
Im zwischenmenschlichen Raum
ist Platz für alle
FÜR JEDEN
er ist unendlich groß......................................
…...!

1999

Herausforderung Vertrauen - Vertrauen wagen

Ist das geschenkte Vertrauen nicht die größte Herausforderung überhaupt oder zumindest eine sehr große Herausforderung? Ihm gerecht zu werden? Geschenktes Vertrauen. Ich stelle mit gerade ein schönes Paket mit farbiger Schleife vor, in dem das Vertrauen eingepackt ist und daß dann voller Neugier und Freude ausgepackt wird. Wie sieht es aus? Wie fühlt es sich an?
Wie viele Menschen sind meinem geschenkten Vertrauen nicht gerecht geworden, und das Mephistole in ihnen war über-mächtig. Und wie viele PatientInnen haben mir ihr Vertrauen geschenkt? Was sind die abgefaßten Aufklärungsbögen dagegen?
VERTRAUEN
In den Achtzigerjahren gab es mal eine Synode der evangelischen Kirche der DDR, die *Vertrauen wagen,* hieß. Dieser Satz hatte mich sehr inspiriert und tut es auch heute noch.

Ein Mann mit einer onkologischen Erkrankung sagte mir mal, er wolle keine Aufklärung, denn er vertraue mir. Und ich spürte, was das für eine große Herausforderung war, diesem geschenkten Vertrauen gerecht zu werden. Als ich dann 2017 am linken Fuß unter Vollnarkose operiert werden sollte, sagte ich es auch. Lediglich den Anästhesisten, der die Narkose machte, wollte ich vor der Operation persönlich sehen, denn ich hatte zum ersten Mal Angst vor einer Narkose. Und von Peter Levine, einem körperorientierten Trauma-Therapeuten, hatte ich gelernt, daß man angstfrei in eine Operation gehen muß, damit sie gut gelingen kann. Also machte ich es so. *Der Anästhesist würde ohnehin zuvor kommen,* meinte der Orthopäde. Und er kam wirklich, und die Angst war nach dem persönlichen Blickkontakt und wenigen Worten sofort weg. Ich sah den Menschen Anästhesist. Die Operation war auch gut gegangen, obwohl ich eine noch größere Operation abgelehnt hatte, da ich darin keinen Sinn sah.

Und da fällt mir ein anderer Mann mit einer onkologischen Erkrankung ein, der ziemlich unzufrieden war und den keiner wegen seiner Mißlaunigkeit so recht haben wollte. Dann wurden seine Bestrahlungsfelder auch noch etwas verändert, was ihn noch mehr verunsicherte, zumal es ihm keiner so richtig erklärt hatte. Dann kam er zu mir. Ich erklärte es ihm, daß es jetzt noch besser als zuvor sei. Der Sicherheitssaum war wohl, so glaube ich, etwas knapp gewesen (das sagte ich ihm allerdings nicht).
Er wollte dann nur noch zu mir kommen. Einmal sagte er mir dann, er denke, daß es gar nicht um die Behandlung von Krankheiten gehe, sondern, daß die Krankheit bei jedem Menschen (etwas?) anders verlaufe und dementsprechend behandelt werden müßte. Ich sagte darauf, daß er sehr viel verstanden habe. Und es ging ihm dann richtig gut. Seine Unzufriedenheit war plötzlich verschwunden. Was muß er in dieser kurzen Zeit für eine Entwicklung genommen haben.

Es ist der kranke Mensch, der Mensch, der eine Krankheit hat, der gesehen, gehört und erhört werden will. Denn jede Krankheit ist meiner Meinung nach ein Hilfeschrei der Seele.

Solidarität fängt beim Nächsten an, eine Adventsgeschichte aus der real existierenden DDR, im Jahre 1980

Wenn jeden Tag
jeder Mensch
einen Menschen
glücklich machen würde,
dann wäre die ganze Welt glücklich

F. Nietzsche (sinngemäß)

Ein kleines Mädchen, das gerade mit sechs Jahren zur Schule gekommen war, lebte in Jena und wurde Belli genannt, das übersetzt soviel wie Tausendschönchen heißt. Belli war sehr froh, endlich in die Schule gekommen zu sein, um die hohe Kunst des Lesens zu lernen und die Bücher, die bei ihren Eltern im Wohnzimmerschrank standen, bald selbst lesen zu können. Und sie lernte es sehr schnell. Die Schule befand sich im Jenaer Neubaugebiet in Neulobeda-Ost. Es gab auch ein Neulobeda-West. Beide Teile waren durch eine Schnellstraße getrennt, so daß diese Straße überquert werden mußte, um von Ost nach West oder von West nach Ost zu gelangen. Da Belli damals oft etwas über Menschen hörte, die im Westen lebten (damit war die Bundesrepublik Deutschland gemeint), dachte sie, daß das der Westen auf der anderen Straßenseite sei. So erzählte sie es ihrer Mutter jedenfalls mal etwas später.

Eines Tages, zur Adventszeit, kam Belli aufgeregt nach Hause und erzählte ihrer Mutter, daß einem Jungen ihrer Klasse, der Kai hieß, etwas Schlimmes passiert sei. Er hatte versucht, eine Kerze des Adventskranzes anzuzünden. Dabei war sein Pioniertuch in die Kerzenflamme geraten, so daß es sich entzündet hatte und auch weitere Kleidung entzündet worden war. Das Feuer hatte zwar gelöscht werden können, aber der Junge hatte sich schwere Verbrennungen zugezogen, so daß er in ein Krankenhaus eingeliefert werden mußte, in die Kinderchirurgie der Universitätsklinik Jena gekommen war und dort nun stationär lag. Die Mutter von Belli war sehr betroffen und fragte sich, wie sie dem Jungen noch helfen könnte. Sie sagte zu ihrer Tochter, daß es sehr wichtig ist, dem Jungen zu helfen und daß es darauf ankommt, sich nicht nur solidarisch gegenüber Menschen aus anderen Ländern zu verhalten, sondern auch gegenüber seinem Nächsten, also auch seinem Klassenkameraden. Zufällig war Bellis Mutter Ärztin und erfuhr von einer befreundeten Ärztin, die gerade auf der Kinderchirurgie arbeitete, daß der kleine Kai dort lag und er ihr gesagt hatte, daß er sich so sehr ein ferngelenktes Auto wünschen würde. Da kam die Mutter von Belli auf die Idee, daß doch die Kinder der Klasse Geld sammeln könnten, um ihrem Klassenkameraden ein gemeinsames schönes Geschenk in die Klinik zu bringen, eben ein ferngelenktes Auto. Sie setzte sich daher mit der Klassenlehrerin in Verbindung, die von der Idee sehr angetan war. So sammelten die Kinder der Klasse dann Geld für ein ferngelenktes Auto.

Und eines Tages war es dann soweit. Eine Abordnung der Klasse mit Klassenlehrerin, Schülern und Eltern ging mit dem Geschenk in die Uniklinik Jena, um Kai das ferngelenkte Auto zu überreichen. Belli und ihre Mutter wurden dazu leider nicht eingeladen. Der Junge freute sich riesig, als seine Klassenkameraden ihm das Geschenk überreichten und wunderte sich sehr, wie sie wohl seinen Herzenswunsch erraten hatten können. Gerne wären Belli und ihre Mutter auch dabei gewesen und hätten die freudigen Kinderaugen des Jungen selbst miterlebt.
Aber sie konnten auch in der Ferne die dankbar leuchtend glücklichen Kinderaugen des Jungen spüren und wie schön es war, diesen schwer kranken Jungen glücklich gemacht zu haben.

Lange Zeit mußte Kai noch in der Klinik bleiben, so daß er so viel in der Schule verpaßt hatte, daß er es nicht mehr aufholen konnte und daher die 1. Klasse wiederholen mußte. Und die Kinder, seine ehemaligen Klassenkameraden, die jetzt in der 2. Klasse waren und die sichtbaren Narben im Gesicht des Jungen sehen konnten, schauten nicht hochnäsig auf den Jungen in der 1. Klasse herab, sondern erkundigten sich weiter nach ihm. Und so hatten die Kinder nicht nur gelernt, wie wichtig es ist, Solidarität gegenüber seinem Nächsten zu üben, sondern auch, wie schön es ist, einen Menschen glücklich zu machen.

Hoffentlich haben diese Kinder, die inzwischen erwachsen und selbst Eltern von Kindern sind, dies nicht vergessen.

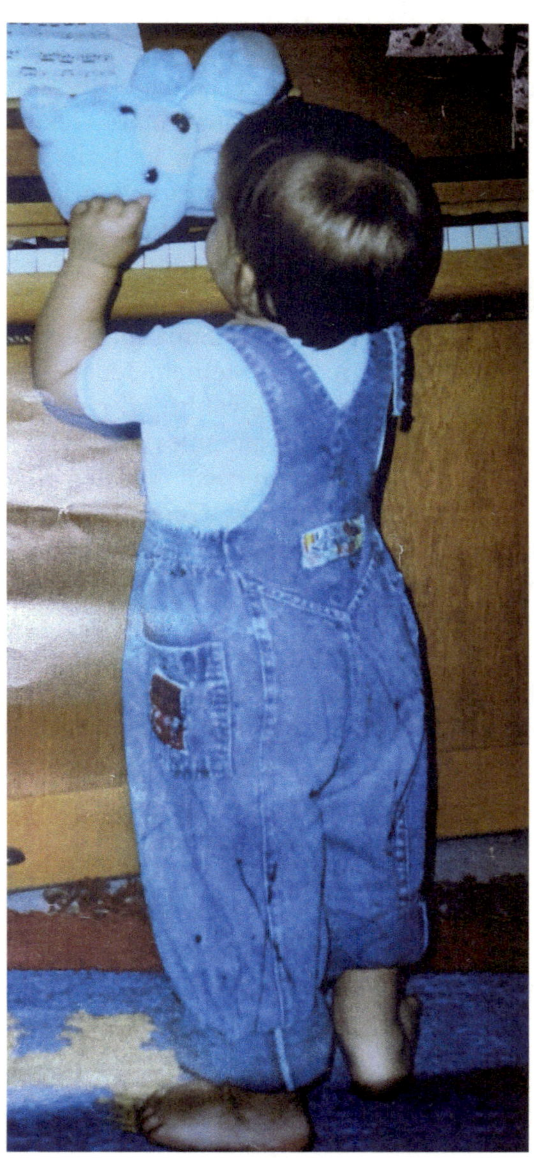

Empathie

Es war eine Gruppe von zehn Frauen, die zum Teil sehr schwer traumatisiert waren, die mir (ärztliche Psychotherapeutin) anvertraut worden war. Mit allen machte ich Einzelgespräche und pro Woche drei Gruppentherapien, zweimal Gruppen-Psychodrama und einmal eine interaktionelle Gruppentherapie. An die einzelnen Frauen kann ich mich nicht mehr so genau erinnern, aber an eine Patientin dagegen besonders gut.

Die Frauen tauschten sich gegenseitig über die Einzelgespräche aus und hatten sich gewundert, daß jedes Einzelgespräch so anders war. So konnten sie über die oben genannten Erfahrungen hinaus noch etwas aus den Einzelgesprächen der anderen Frauen mitnehmen. Zum Ende der Therapiezeit nach etwa sechs Wochen gab es eine Runde, wo sich die Patientinnen gegenseitig imaginäre Geschenke machen konnten. Da sie sich inzwischen gut kennengelernt hatten und ziemlich genau wußten, was eine jede brauchen konnte, ging das oft sehr emotional zu. Ich staunte immer wieder, was Patientinnen in dieser Runde für schöne Phantasien entwickelten, um sich zu beschenken. Natürlich war es auch jedem freigestellt, ein Geschenk anzunehmen oder nicht. Aber es war, soweit ich mich erinnere, sehr, sehr selten, daß dies vorkam. Gegen Ende dieser Therapiestunde erhielt ich dann auch ein Gemeinschaftsgeschenk dieser Gruppe. Es war eine Kette mit zehn Steinen. Jeder Stein war anders und war von je einer Patientin aus der Gruppe ausgewählt und gekauft worden. Und die eine Patientin, die ich bereits oben erwähnte, meinte: *Jeder Stein steht für die ganz individuelle Therapie, die jede Patientin von mir erhalten hat und die Kette für die Gesamtheit, da alles trotz der individuellen Unterschiedlichkeit zusammenpassen würde und ein Ganzes ergeben würde.* Kann man eigentlich eine schönere Anerkennung bekommen? Und entsprach, entspricht es nicht genau meiner Geistes-haltung?

Von der Patientin erhielt ich im Abschlußgespräch noch eine Karte, die ich als eine der schönsten Dankeskarten betrachte, die ich je bekommen habe und mich immer wieder tief berührt, wenn ich sie lese. Was sind die Gemeinheiten, Häßlichkeiten, Boshaftigkeiten, Abwertungen, Gewalterfahrungen in verschiedenster Form von so manchen Familienmitgliedern, Vorgesetzten und auch so einigen KollegInnen, dagegen? Nichts. Nobodies würde Hannah Arendt sagen, die nichts, aber auch gar nichts Wesentliches vom Leben begriffen haben.

	B	*edingungslos*
Liebe	A	*aufmerksam*
Frau	U	*mfassend*
Dr.	H	*umorvoll*
	A	*nmutig*
	R	*espektvoll*
	D	*eutlich*
	T	*ausendschön*

Ich verspüre das tiefe Bedürfnis,
mich bei Ihnen aus ganzem Herzen
zu bedanken. Ich verneige mich
vor Ihrer großartigen Arbeit, Ihrer
persönlichen Stärke Ihres Ein-
fühlungsvermögens u.
Menschlichkeit.

Sie haben mir sehr geholfen!
Gehaben Sie sich wohl

Herzlichst
                    Isabella X.

Der lesende Engel

Es war die letzte Gruppenstunde mit meinen Patienten vor Weihnachten in einer Rehaklinik. Vielleicht war es Heiligabend oder ein paar Tage zuvor. Ein weihnachtliches Psychodrama wollte ich meinen Patienten anbieten. Ich hatte es mindestens schon einmal mit einer anderen Gruppe vor Weihnachten gemacht, und es war sehr schön gewesen. Ich wollte eine Geschichte von Astrid Lindgren nehmen, die da hieß: *Weihnachten im Stall*. Es war ein schönes Kinderbuch mit passenden Illustrationen.

Bevor die Stunde beginnen konnte, klopfte eine Patientin an meiner Tür, wollte mich kurz sprechen, oder war es sogar noch ein Einzelgespräch? Sie gab mir ein kleines in Papier eingewickeltes Geschenk. Ich sagte, ich würde es erst später auspacken, bedankte mich schon einmal dafür. Dann ging ich in den Gruppenraum, mit vielen Lampen an der Decke und mit rotem Teppich ausgelegten Fußboden. Nachdem alle im Kreis auf ihren gelb gemusterten Stühlen Platz genommen hatten, machte ich meinen Weihnachtsvorschlag. Alle waren damit einverstanden.

So las ich erst einmal die Geschichte vor, zeigte auch die passend dazu illustrierten Bilder. Es war eine sehr schöne anheimelnde Atmosphäre. Nun ging es darum, selbst in die Geschichte zu gehen. Die Rollenwahl ging sehr schnell. Außer den menschlichen Protagonisten gab es noch ein Pferd, eine Kuh und einen Stern.

Das Pferd war sehr froh, als Pferd im Stall zu sein, sich ausruhen zu können und von den Besuchern so liebevoll freundlich begrüßt und gestreichelt zu werden.

Die Kuh fühlte sich gewürdigt und wertgeschätzt für ihre Gabe, die Milch, die sie den Ankommenden gab. Aber es war auch eine nicht gekannte geheimnisvolle Atmosphäre zu spüren, bezüglich der hochschwangeren Frau und ihres Mannes, was sie wohl in dunkler Nacht in einem Stall zu suchen hatten. Und in der dunklen kalten weiten Steppe weilten drei Hirten. Es schien auch immer dunkler und geheimnisvoller zu werden, eine beinahe unbeschreibliche geheimnisvolle Stille, in der jedes leise Knistern hörbar und spürbar war.

Und als der Moment der höchsten Anspannung, höchster Erwartung auf das Kommende, seinen Zenit erreicht hatte, da geschah es. Ein Schrei ertönte gerade in dem Moment aus dem Stall, als plötzlich ein Stern in seiner ganzen Helligkeit über dem Stall erstrahlte, die Dunkelheit erhellte und es plötzlich Licht wurde.
Die Hirten sahen es, staunten, wunderten sich, fanden den Stall und staunten, bestaunten das neugeborene Kind in der Krippe. Da lag es in der Krippe, liebevoll mit einem Tuch umhüllt und mit Heu gewärmt.
Schaut, seht, hört - ein Menschenkind, ein Mensch. Ein Mensch war geboren.
So war es wohl zum ersten Mal Weihnachten geschehen. Und das hell und weit leuchtende Licht mit seinen warmen Strahlen war nicht nur äußerlich zu schauen und zu sehen. Alle spürten es, daß es auch in ihrem Inneren schien, daß es auch im Inneren eines jeden aufleuchtete, leuchtete und strahlte, erstrahlte. Es wurde Licht, es war Licht. Die Patienten aus meiner Gruppe waren erfüllt von diesem Augenblick, als das erste Weihnachten geboren wurde. Es war so, als wären sie selbst dabei gewesen.

Nun konnte Weihnachten kommen. Die Patientin, die den Stern gespielt hatte, lag gerade in Scheidung und saß auf gepackten Koffern. So konnte sie nur ein ganz bescheidenes Weihnachten mit ihrem Kind feiern. Und vielleicht war es gerade ein Weihnachten, wo sie sich auf das Wesentliche besinnen konnte. Nur eine Kerze und ein paar kleine Geschenke, liebevoll und bedächtig ausgesucht, vielleicht eine Decke und ein paar Kissen auf dem Fußboden ausgebreitet und ein paar leckere Köstlichkeiten zum Verzehren. Was konnte man nicht alles aus diesem besonderen Weihnachten machen, und sie hat es wohl auch so gesehen.

In tiefester Dunkelheit wurde die Liebe geboren, in tiefester Dunkelheit wurde es Licht, schrieb ich einmal in einem Dezembergedicht.

Als die Gruppentherapie dann zu Ende war, ging ich in mein Zimmer und wickelte das kleine Geschenk aus. Und was für eine wunderbare Überraschung! Es war ein lesender Engel.

STERNENWELT

ich schenke dir
einen Stern
er kommt von
meinem Stern
ein Stern
der dich erhellt
ein Stern
der dir leuchtet
deinen Weg

ein Stern
der dir sagen kann
ich bin
ein freier Mensch
der die Sternenwelt
verstanden hat
worauf es ankommt
in der Welt

Sterne zu schenken
zu verschenken
aus meiner Sternenwelt

Dezember 2022

Ultraschallgerät

Es war Anfang der Achtzigerjahre, wahrscheinlich so gegen 1983/1984.
Mit dreißig Jahren hatte ich eine Abteilungsleiterstelle für die Röntgendiagnostik eines Thüringer Kreisgebietes angenommen. Ich war die einzige Radiologin des Kreises dort und die jüngste Chefin. Der internistische Chefarzt war zugleich Ärztlicher Direktor. Jeden Mittag, außer dienstags, wo ich an einem anderen Ort in einer chirurgischen Röntgenabteilung war, machte ich mit den Internisten Röntgenbesprechung. Dies klappte auch recht gut. Wenn ich allerdings am Mittwoch wieder an meiner alten Arbeitsstelle war, merkte ich eine veränderte negative Stimmung. An dem Tag zuvor hatte der internistische Chefarzt die Durchleuchtungen für seine Patienten gemacht. Er und die leitende MTR waren befreundet, und mit der leitenden MTR, die eine fürchterliche Politsirene und höchst narzißtisch war, gab es immer wieder erhebliche Probleme.

Nun sollte der Haushaltsplan erstellt werden. Ich gab mir Mühe, hatte ein Sonografiegerät aufgelistet sowie ein Gerät für Bildverstärkerfotografie, wo die Strahlenbelastung ca. zehn mal geringer war und auch erheblich Filmmaterial eingespart wurde. Außerdem listete ich noch ein Mammografiegerät auf und daß meine Sekretärin ein Zimmer bekommen sollte, denn bisher schrieb sie die Röntgenbefunde im Umkleideraum der MTR.
Dieser Haushaltsplan sollte nun in einer öffentlichen Sitzung, in der alle Abteilungsleiter und die Gewerkschaftsvertrauensleute jeder Abteilung teilnehmen sollten, verabschiedet werden. Ich hatte nicht die Absicht, dorthin zu gehen, da mir diese Abstimmungen bestens bekannt waren, d.h. im wesentlichen Beifallklatschen und Selbstbeweihräucherung.

Der Ärztliche Direktor wies mich an, dorthin zu gehen. Also ging ich. Dann wurde der Haushaltsplan vorgelesen, das Übliche: Verkürzung der Wartezeiten, Bettenauslastung, usw. Alle meine Vorschläge waren nicht dabei und waren vom Ökonomischen Direktor ohne Rücksprache mit mir einfach gestrichen worden. Nun wurde zur Diskussion aufgerufen. Ich meldete mich als Einzige und sagte:
Ich kritisiere das, was nicht drin steht, z. B., daß meine Sekretärin wie ein Mensch zweiter Klasse behandelt wird, wenn sie im Umkleideraum die Röntgenbefunde schreiben muß. Der Ärztliche Direktor lief hochrot an. So etwas hatte er noch nicht erlebt. Spätestens in diesem Augenblick bereute er es wahrscheinlich, mich zur Teilnahme verpflichtet zu haben.
Zum Schluß sollte es dann zwei Abstimmungen geben: Einmal über den Haushaltsplan selbst und in einer zweiten Abstimmung, daß der Plan demokratisch zustande gekommen sei. Dazu konnte ich nun nicht noch "*Ja*" sagen, zumal meine Vorschläge nicht einmal benannt worden waren und vom Ökonomischen Direktor einfach gestrichen worden waren. So entschied ich mich für einen Kompromiß und stimmte dagegen, daß es demokratisch zugegangen sei.
Dann war Stille, denn damit hatte keiner gerechnet. So etwas hatte es noch nicht

gegeben. Eine Frau von der SED-Kreisleitung stand plötzlich auf, brach das Schweigen und meinte: *Das ist sozialistische Demokratie.* Die älteren Chefärzte gingen anschließend ziemlich betreten aus dem Raum.

Eines Tages kam dann ohne Ankündigung ein Gewerkschaftsmann vom Kreis mit der Gewerkschaftschefin des Krankenhauses in meine Abteilung und wollte eine Gewerkschaftsversammlung machen. Ich überlegte kurz, ob ich dem zustimme oder ob ich sie rauswerfe. Außerdem war ich nicht einmal in der Gewerkschaft, was aber keiner wußte, da eigentlich alle in der Gewerkschaft waren und keiner auf die Idee kam, daß jemand nicht in der Gewerkschaft sein könnte. Ich entschied mich dann, daß die Versammlung stattfinden kann. Es waren alle MTR, der Mann vom Kreis und ich zugegen. Er hielt dann ein *Grundsatzreferat* über die Hochschulkader, wie enttäuschend sie seien usw.. Die MTR jubelten Beifall, und ich wurde innerlich immer zorniger, da ich ja die Einzige im Raum mit einer Universitätsausbildung war. Dann ergriff ich schließlich das Wort und sagte, daß ich nicht mehr lachen kann, wenn ich sehe, was ich für eine gute Diagnostik brauche, aber nicht durchführen kann, weil die Geräte einfach gestrichen worden sind, insbesondere das Ultraschallgerät.

Ich sagte, *daß ich schon viele Kranke und auch Sterbende gesehen habe und mir vorgenommen habe, eine gute Diagnostik zu machen, um bereits frühzeitig Erkrankungen zu erkennen, damit sie rechtzeitig therapiert werden können. Und wenn dann einfach das Ultraschallgerät gestrichen wird, die Patienten des Kreises auf eine Warteliste kommen, damit sie einen Termin im Nachbarkreis bekommen, dann kann ich nicht mehr lachen. Wenn dann Therapieverzögerung durch Wartelisten entstehen, die Prognose der Patienten schlechter wird oder sie sogar sterben, dann ist das einfach schlimm. Sollte das dann hier mit den Wartelisten so kommen, **dann werde ich Sie** (damit meinte ich den Mann vom Kreis) **nicht privilegieren** und Sie werden warten wie jeder Andere auch. Und wenn es bei Ihnen zu spät sein sollte, dann ist es bei Ihnen genauso zu spät wie bei jedem Anderen auch.*
Er bekam dann einen hochroten Kopf und meinte: *Wenn das so ist, da müsse er mit dem Kreisarzt noch einmal reden.* Und nun kam der Umschwung: *Jawohl, Frau Doktor.* Auf einmal wurde ich umjubelt von den MTR, von den "bösen" Hochschulkadern war auf einmal keine Rede mehr.

Und er ging zum Kreisarzt, und das Gerät wurde bestellt. So hatte ich für ein ganzes Kreisgebiet unter äußerst widerwärtigen Umständen ein Sonografiegerät erkämpft. Ich nahm außerdem noch in Berlin an einer Weiterbildung für Sonografie teil und schlug danach vor, daß jeder, der Sonografie betreiben will, ein Zertifikat für Sonografie erwerben sollte, um eine hochqualifizierte Ultraschalldiagnostik zu gewährleisten. Dieser Vorschlag wurde dankbar aufgenommen, an das Ministerium weitergegeben und umgesetzt.

Ich selbst habe bei der Abstimmung mit meiner einzigen Gegenstimme die Kraft des Individuums so stark wie noch nie gespürt, und ich erinnere mich sehr gerne an diese Augenblicke. Was war die ganze Masse der *Ja-Sager* dagegen.

Die Geschichte mit Herrn Sünger

Er, der Herr Sünger, war früher Chefarzt einer Chirurgischen Abteilung in einem Thüringer Krankenhaus zu DDR-Zeiten gewesen. Später, als ich ihm dann begegnete, war er dann als Urologe in einer staatlichen Ambulanz im Krankenhaus tätig. Er war aus der Generation meines Vaters und ganz sicher im Krieg gewesen. Vielleicht schon als Mediziner? Das weiß ich nicht. Aber sein Ruf als Chefarzt der Chirurgie hieß *"Zucht und Ordnung"*. Er soll selbst am Eingang gestanden und die Pünktlichkeit der Mitarbeiter kontrolliert haben, aber der "Laden" lief wohl recht gut. Hygiene - alles einwandfrei, keine Schlamperei. Er griff durch. Dementsprechend war er gefürchtet. Etwas Gutes über ihn hörte ich nicht. Und doch wußte ich, daß er als Chirurg viel geleistet haben mußte und sicher vielen Menschen das Leben gerettet hatte. Als Chirurg zu arbeiten, ist ein knallharter Beruf, die vielen Dienste und immer für Notfälle bereit, bei Tag und bei Nacht, die langen Stehzeiten im Op. und dabei hochkonzentriert arbeiten, vermummt. Davor hatte ich Achtung. Nun wurde Herr Sünger selbst krank, lag in der Inneren Klinik der Universität Jena, die mir bestens bekannt war, da ich dort während meiner Facharztausbildung für längere Zeit gearbeitet hatte.

Ich erfuhr über seine Erkrankung so ganz nebenbei. Und irgendwie tat er mir leid. *Da hatte er nun sein ganzes Arbeitsleben kranke Menschen operiert und bestimmt viel geleistet, und jeder konnte schlecht über ihn reden, als ob es gar nichts Gutes an ihm geben würde.* Da dachte ich mir so, es wäre vielleicht gut, wenn ich ihm eine Genesungskarte in die Klinik schicken würde, obwohl ich ihn eigentlich nur flüchtig kannte. So geschah es dann auch.

Die Karte muß wahre Wunder bewirkt haben, denn nachdem er aus der Klinik entlassen worden war, suchte er mich sofort in meiner Abteilung auf. Er bedankte sich und meinte, daß er gerade dabei war aufzugeben, da sei meine Karte gekommen. Er habe sich so darüber gefreut, daß er wieder Lebensmut gefaßt habe. Er sagte, daß er mir helfen und mich unterstützen wolle, zumal man dieses Krankenhaus nur im Suff ertragen könne. Er würde mich auch mit der Ärzteschaft der Umgebung bekannt machen. Ich staunte nicht schlecht. Was so eine einzelne Karte doch bewirken kann!

Später, zu seinem Geburtstag (Frühlingsanfang), habe ich es aber dann doch mit ihm verdorben, denke ich. Ich schickte ihm ein Telegramm mit einem Zitat von Erich Kästner: *Wer wagt es, sich den donnernden Zügen entgegenzustellen? Die kleinen Blumen zwischen den Schwellen.* Darauf hat er dann nicht geantwortet.

Das war ihm dann wohl doch zuviel, für einen ehemaligen Chefarzt der Chirurgie mit Kommißstil.

So fühlte ich mich allerdings damals in diesem Krankenhaus, in diesem schrecklichen Mafia-System, wie in dem Film: *Allein gegen die Mafia.* Und es hatte ja in der Tat auch ähnliche Vorfälle gegeben, wenn ich nur daran denke, daß dort Sauerstofflaschen leer gedreht worden sind. Das sind Menschen, die über Leichen gehen, auch über meine. Ich wurde allerdings noch gebraucht, als einzige Radiologin des Kreises, denn Radiologen waren nun mal "Mangelware". Die sollten nur im Gleichschritt, im kommoden Trott des Systems, laufen. Schlimm war dann der Erste Mai, wo Zwangsmarschieren angesagt war. Aber das ist schon eine neue Geschichte.

Ein Lied geht um die Welt

Es war an einem Sommertag in Celle, da gab es so ein kleines Bienenmuseum mit kleinen hübschen Bienenhäuschen, so klein und fein, so hübsch anzusehen. Und die Bienen summten und surrten um die Häuschen, sangen und sprangen, hüpften vor Freude. Sie genossen das Leben mit vollen Zügen, konnten sich schön regenerieren, um dann wieder ihren Arbeitstag in den heißen Stunden des Tages mit Nektarsuche zu bestreiten. Sie lebten so friedlich, hatten ihre schönen Bahnen ganz allein gefunden, ohne vorher zur Schule gegangen zu sein und sie zu berechnen.

Und wie ich so schaute und schaute und immer noch schaute, dachte ich an meinen Enkel, mein erstes Enkelkind, das ich so sehr liebte, hatte ich doch gerade die frühe Babyphase so gut mitbekommen, brachte die Milch von der Mutter in die Kinderklinik, wo der Kleine lag, da er Fruchtwasser aspiriert hatte. Die Mutter hatte einen Kaiserschnitt bekommen müssen und noch eine weitere kleine Operation. So war ich gefordert. Ich war erst 43 Jahre alt, und viele hielten mich oft für die Mutter, zumal in den westlichen Bundesländern die Familienphase mit Kind oft erst später begann.

Ich hatte den Kleinen so gern, und ich weiß nicht, wann es geschah. Auf einmal fing ich auch an zu summen, eine Melodie von den Puhdys: *Alt wie ein Baum möchte ich werden*, und dann purzelten die Verse nur so. So war das Bienenlied für meinen ersten Enkel geboren. Ich sang es sowohl zur Gitarre als auch zum Klavier. Den Text schrieb ich per Schreibmaschine auf Papier.

Als ich dann später in einem Krankenhaus in Frankfurt am Main arbeitete, brachte mir eine Patientin ein Bild für mich mit, das ihre Enkelin für mich gemalt hatte.
Ich solle ihre Oma wieder schön gesund machen. Ihre Oma hatte ihr auch von meinem Sprechzimmer erzählt, daß da viele selbst gemalte Bilder von mir hingen und in dem fensterlosen Zimmer große Fotos von Fenstern an die Wände geklebt waren.
So gab ich dann meiner Patientin das Bienenlied für ihre Enkelin mit.
Die Oma berichtete dann, daß ihre Enkelin den Liedtext mit in die Schule genommen hat, wo die Kinder im Musikunterricht dazu eine Melodie komponiert haben und das Lied dann gemeinsam gesungen haben. So kamen die summenden Bienen von Celle über ein Krankenhaus in Frankfurt am Main in eine Schule, wo Kinder dieses Lied sangen, summten.
Meiner Patientin schenkte ich dann noch eine Kopie von einem selbst gemalten Bild, einer leuchtenden Kastanienallee in Frankfurt am Main.

Bienenlied

So wie die Biene
möchte ich leben
so wunderbar offen
und ganz frei,
so wie die Biene
möchte ich singen
summ, summ, summ, summ,
und ich denke mir nichts dabei.

So wie die Biene
möchte ich fliegen
von Blume zu Blume hin,
so wie die Biene
möchte ich klingen
im warmen, warmen, warmen
Sommerwind.

So wie die Biene
möchte ich leben
so wunderbar offen
und ganz frei,
so wie die Biene
möchte ich singen
summ, summ, summ, summ
und ich denke mir nichts dabei.

Glitzerbilder

Naturwissenschaft und Geisteswissenschaft, die Trennung ist künstlich, ist eine der künstlichen unnatürlichen Trennungen. Der allumfassende Geist vereint beides, sie kommen aus Einem, haben einen gemeinsamen Ursprung, eine Quelle, und daher die gleichen Gesetze. Es sind alles Naturgesetze, die sowohl Geisteswissenschaft als auch Naturwissenschaft beinhalten. Denn alle Wissenschaft, wie sie sich auch nennt, ist nur Wissen-schaft. Weisheit kommt aus dem Herzen und ist fähig, gesamtgesellschaftliche Zusammenhänge zu sehen und Wissen in konstruktive Kanäle zu lenken. Daher hatte sich auch Sokrates dafür ausgesprochen, daß die Führungselite, die wirklich zur Leitung (und Anleitung, sage ich) fähig ist bzw. befähigt worden ist, nicht nur Tugend braucht, also gerecht ist, sondern auch rechnen kann. Rechnen lernen, um denken zu können, aber nicht nur zu berechnen, wie es nur Nur-Naturwissenschaftler tun, sondern in größeren Zusammenhängen zu denken, um gerecht leiten zu können.

Meister Eckart sagte ja einmal sinngemäß: *Wo die schöpferische Vernunft zum bestimmenden Prinzip wird, wird Jesus geboren.*

Und in der Medizin ist das ganz extrem, die Trennung von naturwissenschaftlicher Medizin und geisteswissenschaftlicher Medizin, seitdem Rudolf Virchow die Zellularpathologie erfunden hat. *Nur was ich sehe, was da im Mikroskop zu sehen ist (es ist zerschnittenes totes Gewebe, aber von einem Lebewesen entnommen), wird gesehen, existiert.* Das Tote wird gesehen. Wo bleibt das Leben, wo bleibt die Lebendigkeit? Auf der Strecke? Und wenn man an so einen Nur-Naturwissenschaftler gerät, muß man da nicht vor Eiseskälte erstarren? Und NS-Mediziner, die wie eine funktionierende Maschine den deutschen Widerstand in zig (tausend?) histologische Schnitte zerlegten, um ihn auszuradieren, auszulöschen? Diesem entsetzlichen mit nichts zu rechtfertigendem Wahnsinn, stelle ich die Schönheit des Guten gegenüber, in meinen Bildern, in meinen Gedichten, in meinen Geschichten, daß dieser wahnsinnige Wahnsinn keine Chance bekommt, auch nur einen Fuß auf mich zu setzen. Sagte nicht einmal H. Müller zu mir, Tochter eines Kriegsverbrechers, der in der Ukraine ein KZ geleitet hat, *daß die Menschen, die so schöne Bilder malen, das Allerschlimmste erlitten hätten?* Es stimmte. Ich habe diesem unheilvollen Grauen meine universellen Bilder entgegengesetzt, die zig mal tausend mal stärker sind als diese funktionierenden Elektronengehirne.

Und ich hatte eine Patientin, die in der Kunsttherapie ein Bild mit einem Schiffsuntergang gemalt hatte, wo ein Fisch sich ganz schwarz gefärbt hatte, und sie sich darüber wunderte. Die Beziehung zu ihr war zuvor nicht gerade gut, ging in Opposition zu mir. Sie mochte mich nicht, war in einem Kinderheim aufgewachsen, wo sie Schlimmes erlebt hatte. *Hinter so einer freundlichen Tante wie mir, wer weiß wer wirklich dahintersteckte?*

Ich sagte ihr dann, *daß das doch kein Wunder (*oder so ähnlich*) ist, wenn da ein Schiff mit Menschen untergeht.* Es war schon wie beim Untergang der Titanic in eine

Schieflage geraten. Und ich fragte weiter, *wie denn das Bild aussehen müßte, daß der Fisch sich im Wasser wohl fühlen kann* (wie ein Fisch im Wasser, denke ich im Nachhinein). Dann ging sie, malte ein Bild in der Kunsttherapie oder auch in ihrem Zimmer, ein Bild mit einem Glitzerfisch und ein Schiff mit lachenden winkenden Passagieren, also fröhlichen Menschen. Das brachte sie in das nächste Einzelgespräch mit. Sie war fröhlich, die therapeutische Beziehung wurde dann hervorragend, sie hatte auf einmal großes Vertrauen zu mir. Von da an malte sie nur noch Glitzerbilder, und soweit ich mich erinnere, malten andere Patientinnen aus der Gruppe auch Glitzerbilder. Die Gruppentherapien endeten meistens mit einem Lachen, so daß Patientinnen aus anderen Gruppen sie fragten, was wir denn in der Gruppe machen würden, daß sie so fröhlich herauskämen, sie würden nach ihrer Gruppentherapie bei anderen Therapeuten so traurig sein.

Von der Patientin erhielt ich zum Abschied eine in gelben Farben gehaltene Collage, natürlich mit Glitzer. Ich habe sie an meine Wohnungsinnentür oben aufgeklebt: *Wenn Engel fliegen können*, steht in groß gemalten Buchstaben darauf geschrieben. Und ich habe im Laufe der Zeit viele Engel von meinen Patientinnen geschenkt bekommen. Und das erfüllt mich, vielleicht auch mit einem bißchen Stolz.

Milchreis macht frei

Es geschah an einem Freitagmittag um 13.00 Uhr in der Mittagspause in einem Thüringer Kreiskrankenhaus zu DDR-Zeiten, im Januar 1984. Alle waren wir froh, daß wieder eine arbeitsreiche Woche hinter uns lag, die uns wieder ein Stückchen dem Ziel näher gebracht hatte, da geschah etwas völlig Unerwartetes.

Der Speiseplan hatte sich geändert. Statt Bockwurst mit Salat gab es Milchreis mit gelber Butter und Zimt. Wir waren es zwar gewohnt, das Mittagessen geduldig herunterzuschlucken, wie man so vieles herunterschluckt, aber da schluckte keiner mehr. Das ging entschieden zu weit. Alle hatten sich stundenlang schon seelisch und moralisch auf Bockwurst mit Salat eingerichtet, und da passierte so etwas. Wurden hier nicht elementare menschliche Instinkte nach Nahrungsaufnahme verletzt? Dazu konnte doch keiner schweigen. Selbst die immer und überall gewissenlos geschwiegen hatten, mußten hier ihre Mäuler auftun. Auf die einfache Idee, die Küchenfrauen nach der Ursache zu fragen und vielleicht anzuerkennen, daß sie trotz einer technischen Panne noch Unmögliches möglich gemacht hatten, war wohl fast niemand gekommen. Ob es wohl jetzt noch Beschwerden hageln wird? Ich glaube nicht: Erstens macht es zu viel Arbeit und zweitens möchte man es sich mit der Küchenfee auch nicht verderben, die schon auf eigene Verantwortung ein Essen "K" statt Essen "N" ausgegeben hatte. Außerdem hatte ja die Milchreis-Geschichte auch etwas Positives. Alle diskutierten frei, obwohl gar keine Anordnung darüber vorlag. Selbst der Chefarzt der Inneren Medizin schimpfte mit, denn Milchreis war nun mal kein Mannes-Gericht. So konnten alle ihre sorgfältig aufgesparten Aggressionen der letzten Woche von sich geben und so einem zufriedenen und glücklichen Wochenende entgegensehen.

P.S. Trotz dieses außergewöhnlichen Zwischenfalls hat sicher niemand den
Freitagsnachmittagskaffee verpaßt.

Eine Stimme, nur eine Gegenstimme

Sie war meine vorgesetzte Oberärztin und mochte mich von Anfang an nicht, obwohl ich sie eigentlich schätzte, daß sie als Frau eine Oberarztposition innehatte und auch schon eine Vorlesung in Röntgendiagnostik gehalten hatte.
Sie kannte den Professor sehr gut, vor allem seine Schwachstellen, woraus sie dann ihre Intrigen spann und mich schikanierte. Sie war geschieden, und ihre damals etwa 13 Jahre alte Tochter wurde vor allem von der Großmutter, der Mutter der Oberärztin, betreut. Meine Tochter war damals 3 Jahre alt, und ich hatte weder Eltern noch Schwiegereltern am Ort, und sie wohnten auch nicht in der Nähe. Wenn mein Ehemann mal nicht da war, mußte ich noch unsere Tochter zu Fuß bei Wind und Wetter in den Kindergarten bringen, eine ca. Dreiviertelstunde Weg, so daß ich dann auf den letzten Drücker kam, aber es immer gerade noch so schaffte, denn pünktlich um 7.30 Uhr war die Röntgenvisite mit allen Chirurgen, Anästhesisten und Radiologen. Wenn die Mutter der Oberärztin mal nicht da war, kam die Oberärztin überhaupt nicht zurecht, obwohl die Tochter schon 13 Jahre alt war.
Mich schikanierte sie. So verbot sie mir, während der Arbeitszeit in die Klinikbibliothek zu gehen, wobei die Bibliothek nur von 8-12 Uhr, also in der Arbeitszeit, geöffnet war. Als ob medizinische Literatur nicht zu meiner Berufsausübung als Ärztin gehörte. Und das an einer Universität. Ich ging natürlich trotzdem in die Bibliothek. Ich "genoß" ohnehin den Ruf, andauernd in der Bibliothek zu sitzen.

Dabei holte ich mir nur Literatur, die ich dann in der Freizeit oder im Bereitschaftsdienst las. Und es lohnte sich. Einmal hatte ich über einen besonderen Fall gelesen, und etwa am nächsten Tag hatte ich gleich so einen Fall und kurz darauf noch so einen Fall. Und derartige Zufälle passierten mir immer mal wieder.
Sehr viele Jahre später erfuhr ich dann, daß Rufmord eine Straftat ist, was ich damals leider noch nicht wußte.

Die Oberärztin kandidierte dann auch noch als Frauenbeauftragte für die Universitätsgewerkschaftsleitung, damit sie für ihre weitere Karriere eine gesellschaftliche Arbeit vorweisen konnte, denn sie strebte eine Professur an. Sie war nicht in der SED.
Als ich den Wahlzettel in der Hand hielt, überlegte ich nicht lange und strich ihren Namen. Das war ich mir selbst schuldig. Bei soviel Schikane und Machtmißbrauch.
Da es die einzige Gegenstimme an der ganzen Universität war, war es auch die einzige Gegenstimme der gesamten Wahl.
Und als die Wahlergebnisse an vielen Orten ausgehängt wurden, stand etwa zu lesen: *Die Wahlkandidaten wurden alle hundertprozentig angenommen,* ***bis auf eine Gegenstimme - Frau Oberärztin Dr. X.***
Meine ärztlichen Kollegen staunten, wer sich das wohl gewagt hatte. Daraufhin sagte ich zu einem Kollegen: *Haben Sie etwa mit "Ja" gestimmt?* Er meinte dann, daß er es das nächste Mal auch so machen würde - durchstreichen. Und auch mein Ehemann damals, der an der Sektion Mathematik der Universität arbeitete, meinte, daß er es das nächste Mal auch so machen würde. Hätte er auch dagegen gestimmt, wären wir schon zwei Gegenstimmen gewesen.
Aber eine Gegenstimme an der ganzen Universität. Und sie kam von mir! Wow! Das brachte mich zum Schmunzeln und zeigte ja auch, daß ich doch nicht ganz so machtlos war, trotz widriger Umstände und dieses furchtbaren Machtmißbrauchs.
Den widrigen Umständen zum Trotz, Widerstand im Medizinsystem, ca. 1977, Thüringer Universität.

Später erfuhr ich dann von einem Mathematiker, mit dem diese Oberärztin in einer gemeinsamen marxistisch-leninistischen Fortbildung war, daß sie gesagt habe, daß sie mich nicht so behandelt hätte, wenn sie gewußt hätte, daß mein Ehemann damals für einen sehr bekannten Radiologieprofessor mathematische Berechnungen zur Optimierung der Herzkatheterwanddicke durchgeführt hat.

Gedanken, 11. August 2023

Was hinter den Eisernen Vorhängen des kalten Krieges geschah, wo Menschen im Osten unter damals sehr schwierigen Bedingungen mitunter Großartiges geleistet haben und am Widerspruch gewachsen sind, das sollten insbesondere Leute in Ost und West heutzutage beherzigen, vor allem die, die in einem vermeintlichen Siegerhorizont gefangen sind. *Denn Siegen macht dumm*, sagte schon Sokrates.

Schwester, bitte nur 5 Minuten

An einem Wochenende hatte ich Bereitschaftsdienst für die Strahlentherapiestation in einem Krankenhaus in Baden-Würtemberg, ca. 2002/2003.
Ich ging zu einem Patienten, der Privatpatient war, ein schlimmes metastasierendes Tumorleiden hatte und dem es nicht gut ging. Er hatte am Vorabend eine Krankenschwester gebeten, sich fünf Minuten Zeit für ihn zu nehmen, denn er hatte wohl ziemliche seelische Probleme. Sie gab ihm die Zeit nicht, dafür aber eine Tablette. Auf meine Frage, ob sie denn noch einmal nach ihm geschaut hatte, verneinte er.
Er entschuldigte sich beinahe dafür, daß er mit diesem Ansinnen an die Schwester herangetreten war. Ich meinte, *daß es genau das war, was er gebraucht habe, fünf Minuten, weiter nichts.*
Dann sprach ich mit ihm. Es dauerte aber nun ca. fünfzehn Minuten. Dann meinte er, daß er jetzt zufrieden sei und genau so ein Gespräch gebraucht habe. *Das habe ihm geholfen.*
Ob man nun alles auf den Zeitdruck im Krankenhaus schieben kann, möchte ich bezweifeln. Zumindest hätte die Schwester noch einmal kurz nach ihm schauen können, wie es ihm geht. Das hätte vielleicht auch schon geholfen. Da ist jemand da, der sich um mich kümmert, der in mir den Menschen sieht, der Hilfe braucht, menschliche Zuwendung braucht und sie auch bekommt.

Siehst du den Mond dort stehen....

1983 in einem Thüringer Krankenhaus, Röntgenabteilung in einer Chirurgischen Klinik, wo die Chirurgen regelmäßig eine Strahlenschutzbelehrung durch mich erhalten mußten.

Ich kannte diese langweiligen Belehrungen und wollte meine chirurgischen Kollegen, mit denen ich mich sehr gut verstand, nicht damit nerven, aber ihnen den Strahlenschutz doch ans Herz legen, denn es ging ja um ihre Gesundheit und Strahlenbelastung. So überlegte ich, wie ich es hinbekommen könnte, sie zu erreichen, und ich begann mit einem Vers von Matthias Claudius:

Siehst du den Mond dort stehen, er ist nur halb zu sehen und ist doch rund und schön, so sind wohl manche Sachen, die wir getrost belachen, weil uns're Augen sie nicht sehen.

Und so ist es auch mit Röntgenstrahlen. Man sieht sie nicht, man riecht sie nicht, man usw....und sie sind doch da.

Sie waren ganz Ohr, eine Stecknadel hätte man fallen hören können, ***eine spirituelle Atmosphäre im Alltag***. Erst dann kamen die Hinweise, die Werte und Zahlen und vielleicht auch ein paar Situationen, wo die Chirurgen es mit dem Strahlenschutz nicht so genau nahmen, weil es schnell gehen mußte. Und Bleischürze und Bleihandschuhe sind nun einmal lästig und halten auf.

Zum Ende der Strahlenschutzbelehrung fragte mich ein Oberarzt, wann ich denn wieder eine Strahlenschutzbelehrung machen würde. Was für eine schöne Nachfrage.

Anmerkung: Heute würde ich ihnen vielleicht ein eigenes Gedicht oder Lied
vortragen.

Dienst am Menschen oder der kleine große Unterschied

Als ich vor vielen Jahren in einer Uni-Klinik in Thüringen die tägliche Visite mit meiner Stationsschwester machte, kamen wir an ein Bett, in dem ein Mann mit einer onkologischen Erkrankung lag, dem es sichtlich nicht gut ging und der auch über kalte Füße klagte.

So ordnete ich dann ein Fußbad an. Darauf sagte meine Stationsschwester zu dem Patienten: *Dort ist das Bad, da ist eine Schüssel, usw.*

Ich schaute meine Stationsschwester fragend an, sagte nichts, schaute sie nur an. Sie begriff dann: *Ich komme nachher und mache Ihnen ein Fußbad.*

Am nächsten Tag kamen wir wieder zur Visite. Dem Mann ging es gut, er strahlte, und er hatte warme Füße.

Das sind die so genannten Kleinigkeiten, die helfen, was aber den großen Unterschied, den gewissen Unterschied macht.

Wie viele Gelegenheiten werden heutzutage im Medizinsystem verpaßt, wo der menschliche Beziehungsaspekt nicht genutzt bzw. vernachlässigt wird. Es ist so einfach. Und das Lächeln dieses Mannes, seine Wärme, die zurückstrahlt, das erfüllt doch das Herz dessen, der menschliche Zuwendung gibt. Da ist Glück auf beiden Seiten, das verbindet und ein Lächeln auf die Gesichter zaubert.

Kneipp'sche Wickel sind dafür zum Beispiel bestens geeignet. Ich habe damit sehr gute Erfahrungen gemacht. Da passiert etwas zwischen Mensch zu Mensch. Und manchmal mußte ich nach der o.g. Begebenheit auch an das Gleichnis mit Jesus und der Fußwaschung denken. Es ist eben keine niedere Arbeit, es ist Dienst am Menschen.

HEILPFLANZEN

Er heilte	**Sie heilte**
mit GANZ WENIG	**mit GANZ WENIG**
nicht mit großartigen Versprechen	**nicht mit großartigen Versprechen**
und großen Gesten	**und großen Gesten**
in GANZ WENIG	**in GANZ WENIG**
lag seine Kraft	**lag ihre Kraft**
(und legte er seine Kraft)	**(und legte sie ihre Kraft)**
es sind die kleinen Gesten	**es sind die kleinen Gesten**
die scheinbaren Kleinigkeiten	**die scheinbaren Kleinigkeiten**
(die großen Wahrheiten)	**(die großen Wahrheiten)**
die unser Leben ausmachen	**die unser Leben ausmachen**
die uns ausmachen	**die uns ausmachen**
die uns heilen	**die uns heilen**
die wir suchen	**die wir suchen**
die große Veränderungen	**die große Veränderungen**
möglich machen	**möglich machen**
Großes bewirken können	**Großes bewirken können**
im Menschen	**im Menschen**
in uns	**in uns**
die wirklich heilen	**die wirklich heilen**
es ist so einfach	**es ist so einfach**
und deshalb so schwer	**und deshalb so schwer**

Und wo hatte ich das gelernt?

Es war in meiner Kindheit, wenn meine Mutter Migräne hatte. Ich sah sie leiden, wie sie da im Bett lag. Ich setzte mich zu ihr ans Bett und legte kalte Waschlappen auf ihre Stirn, erneuerte sie immer wieder mit frischem kalten Wasser. Es machte mir so eine Freude, ihr etwas Gutes zu tun, ihr zu helfen, daß es ihr wieder besser ging.

Ob es ihr geholfen hat, weiß ich nicht. Aber dieses Tun war auch ein Dienst gegen die Ohnmacht, hilflos daneben zu stehen und einen Menschen leiden zu sehen und nichts machen zu können. Ich sehe mich heute noch, mit welcher Freude ich die Waschlappen auf die Stirn meiner Mutter aufgelegt habe und wie sorgfältig und mit welcher Hingabe ich es getan habe. Es berührt mich sehr, wenn ich das Mädchen von damals sehe, wie sie es tat, einfach liebevoll. Und das habe ich nie vergessen, worauf es ankommt im Leben.

Das sind Berührungen, die von Herzen kommen, zu Herzen gehen und sehr viel bewirken können im Menschen, in uns.

Eine Ost-West-Begegnung 1991

Es war im Frühjahr 1991, wo ich, Fachärztin für Radiologie und in Thüringen wohnend, in einer Radiologischen Praxis in Bayern hospitierte. Es ging auch um ein Kennenlernen von Ost und West, was von einer Gesellschaft der niedergelassenen Radiologen aus den westlichen Bundesländern angeregt worden war.
In der DDR hatte es ja keine Radiologischen Praxen gegeben, und ich interessierte mich dafür, obwohl ich schon mehrere Jahre strahlentherapeutisch und nicht mehr röntgendiagnostisch tätig gewesen war. Diese Praxis in Bayern verfügte jedenfalls über keine Hochvoltstrahlentherapie, aber über eine technisch sehr modern ausgerüstete Röntgendiagnostik.

In dieser Praxis arbeitete auch ein angestellter ärztlicher Kollege, der schon etwas über sechzig Jahre alt war und zuvor Chefarzt einer Abteilung in einem anderen Krankenhaus Bayerns gewesen war, wo es vorwiegend um die radiologische Diagnostik von Herz und Gefäßen ging.
Ich schaute ihm mit über die Schulter und konnte ihn mit meinem Wissen aus anderen Gebieten unterstützen, was er dankbar annahm. In der Abteilung selbst war er weniger geachtet, wurde sogar mit *"Opa"* in etwas abfälliger Weise betitelt. Das wirkte auf mich sehr unangenehm. Er half mir auch, meinte, daß ich mir ein Postsparbuch zulegen sollte und ging mit mir zur Post. Auch nahm er mich mit seinem Auto zu interessanten Weiterbildungsveranstaltungen mit. Eines Tages sagte er zu mir:
Wissen Sie, seitdem Sie hier sind, komme ich wieder richtig gerne zum Arbeiten hierher.
Eine ähnliche Erfahrung machte ich später in einer Klinik in Frankfurt am Main, wo ich vertretungsweise zwei Wochen die Abteilung leitete, da die vorgesetzten Ärzte durch Urlaub und Erkrankung nicht anwesend sein konnten und ich dann die einzige Ärztin in dieser Abteilung war.
Bereits nach ein paar Tagen meinten die Mitarbeiter dort, daß es ihnen wieder richtig Spaß machen würde, dort in der Klinik zu arbeiten. Auch konnten sie sogar Überstunden abbauen, hatten dadurch etwas mehr Freizeit, wo sie noch etwas Schönes am Nachmittag/Abend unternehmen konnten und sie sich auch regenerieren konnten.
Woran es wohl lag? There is no alternative??? Doch! The answer is blowing in the wind. **Es gibt sie, sozial denkende Unternehmer und Mitarbeiter.**

Irrwege oder Alltägliche Gewalt

Wie viele Wege kann der Mensch heute gehen,
auf denen er sich verirren kann,
im Dschungel, im Matsch oder Fängen der Macht
oder in Sucht und Gewalt?
Wie viele Wörter sind heute noch im Gebrauch,
die Menschen zerstören können?
The answer, my friend, is blowing in the wind,
the answer is blowing in the wind.

Wie sehen die Schauplätze der Gewalt heute aus
und sollten doch so menschlich sein?
Krankenhaus, Gefängnis, Schule und Büros
und auch die Universität?
Wer wagt es denn hier noch menschlich zu sein?
Wer weiß denn, was das noch ist?
The answer, my friend, is blowing in the wind,
the answer is blowing in the wind.

Wie viele Raupen hält der Mensch noch aus,
bevor er die Schmetterlinge sieht?
Wie kommt er heraus aus dieser Zivildressur?
Wann wagt er es, er selbst zu sein?
Wie sehen die Kreuzritter von heute denn aus,
reißt man ihnen ihre Maske ab?
Sie morden im Namen der Freiheit sich selbst
und sind doch selbst so unfrei.
The answer, my friend, is blowing in the wind,
the answer is blowing in the wind.

Barmherzigkeit, ein Fremdwort, in diesem Land,
in dem ich doch so gerne leben möcht,
Freundschaft, Solidarität, was ist denn das?
Wo wird das denn hier noch gelebt?
Wann begreift die Menschheit, was jedes Kind weiß,
daß Liebe ist stärker als Gewalt,
tagtäglich immer wieder diese gleiche Grausamkeit,
wer hält das denn eigentlich noch aus?
Die Antwort, mein Freund, weiß ganz allein der Wind,
die Antwort weiß ganz allein der Wind.

Weihnachten 1997

Die Liebe muß den Alltag durchdringen.

Walther Rathenau

SCHLAFES BRUDER

**Ist es nur Schlaf
oder schon
Tod**

**Ist es Schlaf
aus dem ich Euch
manchmal wecken möchte
mit einem sanften Lied
einem Gedicht von Lied
oder
ist es irreversibel**

**Träumt Ihr
oder sind Eure Träume schon tot
und wenn
Ihr träumt
Was träumt Ihr
überhaupt
wovon?
noch?**

Inhaltsverzeichnis

Zur Autorin

Sie ist 71 Jahre, wurde am 6. Mai 1952 in Quedlinburg geboren, hat von 1970 bis 1975 in Leipzig und Jena Medizin studiert und zuvor vier Jahre die Internatsschule Schulpforte besucht, 1970 Abitur gemacht und gleichzeitig eine Ausbildung zur Krankenschwester abgeschlossen.
Mit 23 Jahren war sie approbierte Ärztin, hat 1978 zum Morbus Hodgkin promoviert und 1981 ihre Facharztausbildung für Radiologie abgeschlossen.
Sie sprach bereits ca. 1976/1977 in der DDR vom Mißbrauch des ärztlichen Ethos, hat als Fachärztin für Radiologie an verschiedenen Kliniken in der DDR und seit 1994 in den westlichen Bundesländern gearbeitet, war bei befristeten Arbeitsverträgen wiederholt arbeitslos, hat mit 53 Jahren das Fachgebiet gewechselt und zehn Jahre in der psychosomatischen Medizin gearbeitet, wo sie sich auf Traumatherapie, Psychodrama und Ego-state-Therapie spezialisiert hat.
Sie setzte sich durch ihre Tätigkeit in der Radioonkologie schon sehr früh mit existenziellen Themen auseinander und kam zu der Auffassung, daß die Technik dem Menschen dienen muß und nicht umgekehrt.
Während der Wendezeit hat sie mit einer damaligen Freundin durch ihr Engagement für Pluralität wesentlich mit dafür gesorgt, daß bei der ersten Kommunalwahl die absolute Mehrheit einer Partei im kommunalen Parlament verhindert wurde.
Sie saß während der Wende kommunalpolitisch am Runden Tisch, wurde in einer Radiologischen Universitätsklinik Thüringens basisdemokratisch zur Personalratsvorsitzenden gewählt, konnte bei der Evaluierung der Ärzte während der Wendezeit erreichen, daß auch die medizinische Betreuung mit berücksichtigt wurde und nicht nur wissenschaftliche Publikationen und Vorträge.
1994 setzte sie sich im Namen der Opfer entschieden und überzeugend dafür ein, daß ein ehemaliger IM nicht als Bürgermeisterkandidat bei der Kommunalwahl aufgestellt werden konnte, nachdem zur Vermeidung einer Pauschalisierung und oberflächlichen Gleichmacherei Einsicht in die Stasi-Unterlagen genommen worden ist und so Schuld konkret erkannt und benannt werden konnte.
Der Autorin geht es nicht darum, einzelne Personen zu benennen oder sie im Nachhinein zur Verantwortung zu ziehen, sondern Menschen klar zu machen, zu ermahnen, daß jeder Opfer des Medizinsystems und auch seiner eigenen Politik werden kann.
Sie möchte darauf hinweisen, daß bei aller Kritik am jetzigen Medizinsystem es letztendlich immer auf die einzelne Persönlichkeit ankommt, wie sie sich in diesem System aufstellt und für Menschlichkeit sorgt, unabhängig von der Berufsgruppenzugehörigkeit, kurz gesagt auf die Geisteshaltung.
Sie schreibt Lyrik, Geschichten, Lieder und hat Bilder vorwiegend in Öl gemalt.